JN100571

クレイジーDの悪霊的失恋

―ジョジョの奇妙な冒険より―

クレイジーDの悪霊的失恋

—ジョジョの奇妙な冒険より—

JOJO's Bizarre Adventure
Crazy Heartbreakers

Hirohiko Araki×Kouhei Kadono

集 英 社

INDICE

Illustration* Hirohiko Araki
Design* Yoshiyuki Seki for VOLARE inc.

『……君は死んで燃え尽きるときに自由になるんだろうか？　生きた証はすべてなくしてしまって、後にはきっと、乱雑に散らかった混沌と、くすんだ灰が残るくらいなんだろうし、ああ——もし永遠の勝利なんてものがあるなら、そいつはきっと積み重なった灰の底の底に隠れてる、星のように輝く、砕けないダイヤモンドみたいな……』

——チプリアン・カミュ・ノルヴィッド〈舞台裏にて〉

一九八八年、エジプト——ナイル川沿岸都市のひとつ、ルクソール南市街地の路地。

その日の夜は暗かった。

観光地であり、表通りにはまだまだ人通りも多く、雑踏のざわめきが周囲に充満していた。

だが——その建物と建物のあいだの、ほんの小さな間隙では、異様な気配が充満していた。

「ううう……！」

少女は全身に鳥肌を立てて、がたがたと震えていた。寒いのではない。陽が暮れたとはいえ気温はまだ二十五度以上ある。それなのに今、彼女は身も凍るような気持ちにさせられていた。

「いいか、決してここから出るんじゃないぞ！」

少女にそう言い聞かせているのは、彼女の従兄弟の少年だった。いつも、とても落ち着いていて、頼りになる優しいおにいちゃん……だが今は、その彼の顔にも緊張があり、眉間に深い皺が寄り、頬が引き攣っている。

恐怖で。

「お、おにいちゃん、怖い——」

「大丈夫だから、絶対に顔を出すなよ！」

少年はそう言うと、彼女を押し込めた建物の窪(くぼ)みから飛び出していった。

通りに出た少年は、通りの向こう側からこっちに歩いてくるひとつの人影に、きっ、と鋭い視線を向けた。

するとその人影は、すうっ、と手を胸の上に上げて、ぱちぱち――と小さく拍手をした。

「見事なものだな――花京院典明(かきょういんのりあき)」

少年の名前を、ひどく馴れ馴れしい口調で呼びかけてくる。

「やはり君自身を襲うのではなく、君の家族を狙うのが適切だったな――助けに来ると思ったよ、必ずな」

その男は――ああ、しかしそいつは本当に男なのか。いや、人間なのか。

他の何者にも似ていない、痺(しび)れるような妖(あや)しい色気がある。ついふらふらと吸い寄せられてしまうような、魅惑的でさえある気配が漂ってくる。

ただ――冷たい。

とてもとても冷たい――まるで死体のように、その気配からは体温がまったく感じられない。

「くっ――」

怯(ひる)みそうになる花京院に、その影はさらにゆっくりと近づいて来ながら、

「大したものだ――このＤＩＯ(ディオ)の視線を正面から受け止められる者はほとんどいない。やはり優秀なスタンド使いだ」

と言った。

花京院は眉をひそめて、

「スタンド……？」

と訊き返した。するとＤＩＯと名乗った影は、かすかにうなずいて見せて、

「そうだ――そういう風に名付けたんだよ。君に存在している、その〝操作可能な守護霊〟のような現象を、私はスタンドと呼んでいる。言い得て妙だと思わないか？　人の傍らに顕れ〝立つ〟から〝スタンド〟だ――特別な能力だ。君は生まれついて、それを持っているんだろう――そして、私も持っている」

ゆらり――とＤＩＯの周囲の空気が揺らめいた。その身体からなにか濃密なものが噴出して、その周囲を、世界をＤＩＯの影で塗りつぶしていくかのように……迫ってくる。

花京院の身体が、ぎしっ、と強張った。

圧倒されていた。

彼にはわかったのだ――そう、同じスタンド使いとしての感覚で、エンジン音を聞いただけでそれがブルドーザーだと直感できるように、本能で悟っていた。

パワーが違いすぎる。

彼に備わっている能力とは、根本的に桁が違っている――どうあっても敵わない。

「ぐ――」

喉元に苦い酸味が突き上げてきた。吐きそうになっていた。内臓が、骨格が、細胞が——肉体があまりの恐怖にパニックを起こしかけていた。膝ががくがくと震え出しそうになっている。

「ぐぐッ——」

後ずさりしそうになる。だが後退はできなかった。彼の背後には、彼の小さな従姉妹(いとこ)が震えているのだ。逃げることだけは絶対に——と花京院が決意を固めた、そのときだった。

にいっ——とＤＩＯの紅い唇が吊り上がった。その恐ろしい微笑(ほほえ)みの向こう側から、声が響いてきた。

「ゲロを吐くぐらい怖がらなくてもいいじゃあないか——安心しろ、安心しろよ。怖がることはないんだよ、花京院——友だちになろう」

それは心に直に染み込んでくるような柔らかさと、底無しの安らぎがある響きだった。花京院は一瞬だけ、その声に……

（あ……）

彼の口から息が洩(も)れた、その瞬間だった。

ＤＩＯの姿が目の前から、ふっ、と突然に消失した。

はっ、と我に返ったときには、もうＤＩＯの気配は花京院の背後に立っていた。耳元で囁(ささや)かれる——

「安心したな、花京院——一瞬だけホッとしたな。一瞬——それで充分ッ……！」

ＤＩＯの髪が逆立って、そして波打つ。それ自体が生きているかのように動く先端が鋭い棘（とげ）となり、花京院に襲いかかった。

その脳天に深々と突き刺さって――絶叫が轟（とどろ）いた。

「――うわあああああああ………ッ！」

花京院典明の悲鳴はどんどん弱くなっていき、ねじ込まれるようにして夜空に消えていく……。

その声がかすれていくのを、物陰から出られないままの少女は、どうすることもできずに、我が身を抱えて動けない――。

「あああ、ああ……」

溢（あふ）れる涙が地面にぽたぽたと落ちる。それは恐怖のためか、それとも無力さ故の無念からか――震える彼女の耳に、奇妙なものが聞こえてきた。

もうとっくに夜になっているはずなのに、上から羽ばたく音が聞こえてくる。あり得ないことだった。それは日光がないところでは活動を停止するはずの生き物だったからだ。蝙蝠（こうもり）でも梟（ふくろう）でもない、それは特徴的なシルエットだった。

夜空に、鸚鵡（おうむ）が飛んでいる――。

＊

人は、失ったものを取り返すことはできるのだろうか。

もはや原型をとどめないほどに粉々になってしまったものを、元のように戻すことは可能なのだろうか。

これは、なくしたものを探し求めている者たちの物語である。彼らが失ってしまったものはあまりにも大きくて、自分でも真に何を失ったのか自覚できていない——そのために空回りの人生を送らざるを得なくなっている……その中で彼らが何を見出すのか。バラバラになってしまった世界の中で、その破片をかき集めて何になるのか、その残酷なる意味に直面させられたとき、彼らはどのように生きることになるのか——しかしながら、ここで軸となるはずの少年は、この問いにまったく興味がない。

人生とは日々、せっかく組み上げた幸福が徐々に破壊されて、じわじわと失われていくことだ——このような真理を突きつけられても、彼はきっとこんな風に応えるだろう。


「あぁ〜ん？　いや、別にどーでもいいんじゃあないッスかねぇ〜〜ッ。いったんブッ壊れても、どーにかなるんじゃないッスか？　なんとかなるって。きっと。適当にいじってりゃあ勝手になおったりするモンだからよォ〜〜ッ。たぶん」

東方(ひがしかた)仗助(じょうすけ)。

それが、その少年の名前である。

彼に取り憑いた悪霊がクレイジー・ダイヤモンドと呼ばれるようになるのは、この物語が終わった後のことになる——。

クレイジーDの悪霊的失恋

"Crazy Heartbreakers"

Dの壱——“Dire straits”（凶運の境界）

『僕がどっちを目指してるかって？　そりゃあ君、人間はいつだって未知なる恐怖にこそ惹き付けられるものだよ、ＮｉＮｉＮｉ』

――岸辺露伴〈ピンクダークの少年〉

1.

一九九九年、三月――エジプト。

その日はいつもにも増して、やけに太陽がぎらぎらと輝いてみえる陽気だった。

カイロ市内の中心近くにあるその通りは、ウィルソン・フィリップス・ストリートと呼ばれている。正式な名前ではない。だがここを知る者は、たいていその名で呼ぶ。

十年前に、この通りで惨劇が起こった。通商協議に参加するためにこの国を訪れていたアメリカ上院議員ウィルソン・フィリップスが、突如として乗っていた車を暴走させたあげく、歩道にまで車を突っ込ませて、女子供を含む五十三人もの死傷者を出し自身も死亡するという悲劇的な事件があったのだ。彼を警護していたはずのSPは、事件後に腕の骨がバキバキに砕けた状態で発見されたが、精神の均衡を失っており、そのまま精神病院に入院したという。上院議員が何を考えてそんなことをしたのか、未だに判明していないとされ、その謎と不気味さが、十年も経った今なおその通りをその名で呼ばせているのだった。まるで呪いに掛かったままであるかのように。

「…………」

一人の男が、その通りの前に姿を現した。カウボーイハットを被っていて、その口には長い棒をくわえている。煙草ではない。禁煙パイプでもない。あくまでもただ長くて細い棒だ。

男の名はホル・ホース。

現在は私立探偵だが、十年前までの彼の職業は――。

「――」

彼が通りの一角の、裏に通じているらしき路地に足を踏み入れようとしたとき、

「おい、そこのヤンキーのおっちゃんよォ！」

と背後から声を掛けられた。ホル・ホースが振り向くと、地元の子供がニタニタ笑いながら彼を見つめていた。

「ヤンキーは間違いだ。アメリカ人じゃあねェ」

ホル・ホースがそう応えると、子供はさらにけたけた笑って、

「じゃあなんでそんなカウボーイ気取りなんだよ？　まあいいや。でもあんた、そこの道には入れないぜ」

と言ってきた。ホル・ホースは口元の棒を上下に揺する。

「ほう？　どういう意味だ」

「入ってみれば嫌でもわかるよ。とにかくよォ、あんたは俺をガイドに雇いなよ。そうしないと絶対に困ることになるぜ」

意味ありげに言われる。ホル・ホースは肩をすくめて、そのままその道の奥へと入っていく。

子供は、きしししッ、と笑っている。すると一分と経たない内に、ホル・ホースがふたたびその道を逆戻りして帰ってきた。

「――――」

ホル・ホースは少し首を傾(かし)げている。そこに少年の笑い声が響いてきて、

「だから言ったろ？　あんた気がついたら、また元のところに戻ってきちまってたんだろう？」

「………」

「ここはそういうところなのさ。呪いが掛かってんだよ。抜け出すには俺のガイドが必要なのさ。道案内して欲しけりゃ、とっとと前払いで金だしな」

「おまえの？」

「ああ、そうだよ」

「ほんとうに、おまえのか？」

ホル・ホースが念を押す。少年が少し苛立(いらだ)って、

「しつけーなァ！　いいからよォ――」

と彼が言いかけたところで、ホル・ホースは奇妙な行動に出た。

右手を前に突き出して、何かを握っているようなジェスチャーを取る。人差し指だけ、鉤(かぎ)状に曲げている。

「――？　何してんだ？」

「拳銃を握っている」

「……は？」

「正確には、おまえには見えない拳銃を握っている」

ホル・ホースは真顔で言った。子供は、ぷっ、と吹き出して、

「なんだよ？　あれか、馬鹿には見えないナンタラ、ってヤツなの？　何マヌケなことを抜かして――」

子供が喋っている途中で、ホル・ホースは突き出した腕を今出てきた道の方に向けて、人差し指を何回か、ひくひく、と動かした。

「――何してんだ？」

子供の、明らかに怒り始めている声をよそに、ホル・ホースは涼しい顔で、

「だから、おまえには見えない弾丸を発射したんだ。聞こえるヤツには聞こえる銃声で、合図を送った――」

と応えた。

「おいッふざけんなよッ！　いい加減に――」

子供が腹を立てて立ち上がろうとしたところで、周囲の光景に異変が起こり始めた。

陽炎（かげろう）が立ちのぼってきて、通り全体の空気が大きく揺らめいた。それはホル・ホースの身体（からだ）

を包み込んで、そして……その姿がどんどん薄れていく。

風景に溶け込むようにして、消えていく――。

「……え？」

子供は眼をぱちぱちとしばたたいた。その間にもどんどんホル・ホースの姿は見えなくなっていく。やがて完全になくなってしまう。

「え、えええ――え？」

子供はしばし呆然としていたが、やがて悲鳴を上げて、その場から大慌てで逃げ出していった。


そしてホル・ホースは――彼の耳にも、もう子供の声は聞こえなくなっていた。

「――」

憮然（ぶぜん）としている彼が立っているのは、古代遺跡のような神秘的な空間の中だ。どこまでも続く通路に、無限に連なる扉が延々と並んでいる――この迷宮を見るのは、ホル・ホースにとって初めてではなかった。

それはかつて、ＤＩＯ（ディオ）の館に存在していた幻影の迷宮だった。

十年前の、ホル・ホースの雇い主――いや、支配者だった男が、己の館に侵入してくる者を排除するための防衛機能のひとつ――懐かしい光景だった。

「おい、ケニーG——能力を解除しろとは言わないが、せめて目印を出せ」

ホル・ホースがそう言うと、迷宮の中の扉のひとつが、ぎいいっ……とひとりでに開いた。

ホル・ホースはそっちの方に向かう。しかしひたすらに奥が真っ暗な扉の前に立ったところで、ため息をついて、

「だから、本物の扉の方も開けろってーの。入れねェだろーが」

と言った。すると、

〝スタンドを解除しな——念のためよ〟

と女性の声がどこからともなく響いてきた。神秘的な声ではなく、音の割れた質の悪いスピーカーを通したような声だった。

「へいへい」

ホル・ホースは右手を挙げる。そこに握られていた拳銃が、すうっ、と消える。一般人の少年には見えなかった拳銃が、ホル・ホース自身の視界からも消える——武装解除する。

ぎぎぎぎ、と金属が軋む音がして、扉の奥に広がる暗がりが下から明るくなっていった。

シャッターが開いたようだった。その向こう側の光景は、迷宮とは似ても似つかない、ふつうの内装になっている。

ホル・ホースがそのシャッターをくぐると、自動で閉まっていく。

「電動か——当然、自前なんだろ」

ホル・ホースがそう言うと、薄暗い室内の方から、

「当然でしょ——電線を引いたって、この辺はどうせ停電ばっかりなんだから」

という女性の声が聞こえてきた。

「おれを〝ビリリィッ〟と痺れさせるのはやめろよ、マライア」

ホル・ホースがそう言うと、ふん、という鼻を鳴らす声がして、次々と照明が点いて明るくなる。

元はカフェとして使われていたらしい部屋の、カウンターだったところに一人の女が頬杖を突いている。

マライアと呼ばれた彼女は、どこか寝ぼけたような眼でホル・ホースを見つめてきて、また「ふん」と鼻を鳴らした。

「それって命令のつもり？」

「まさか。お願いだよ——おれが絶対に女を傷つけないのは、おまえも知ってるだろう？　世界一女に優しい男だからな、おれは」

ホル・ホースの言葉に、マライアは顔をしかめて、

「あんた、まぁーだ、そんなこと言ってんの——もういい歳でしょうが」

と呆れたように言う。ホル・ホースは周囲を見回して、

「おまえの旦那はどこだよ？　ケニーGは。噂じゃあ、すっかり痩せて今じゃ仙人みたいにな

ってるらしいじゃあねーか」

「あの人は出てこないわよ。あんたらが嫌いだから」

「ま、いいさ——用があるのはおまえら自身じゃなくて、この〝隠れ家〟屋の、利用客の方だからな。いるんだろ？　ここにあの兄弟が」

「ふつうならノーコメントなんだけどね。ま、スタンド使いのあんたに隠し事をしても無駄だろうから教えてやるわよ。４Ｕ号室よ。金も払わずにもう一ヶ月も居座っているから、そろそろ出ていって欲しいトコだったし。あんた、二人とも連れ出してくれない？」

「おれが用のあるのは弟だけだよ——４Ｕ号室だな？」

ホル・ホースは店内を横切り、廊下に出た。また無限に並ぶ扉が続いているが、ホル・ホースは今度はかまわずに進み、４Ｕ、と書かれた札の下がっている扉のノブを掴んで、勢い良く開いた。

「おいボインゴ！　いるんだろうッ!?」

大声で呼んだ。しかし返答はない。ホル・ホースはずかずかと遠慮なく室内に踏み入る。

高級ホテルのような立派な部屋である。窓の外には海が見える。幻影で造られた部屋であることは歴然としている。

このケニーＧ＆マライアの〝隠れ家〟屋は治安の決して良くないこの地域に於いて、とても貴重な絶対安全のセーフティハウスなのだった。どこの組織にも属さず中立を守れるのは、呪われているとされるストリートに位置し、幻影のスタンド能力で近づく者を迷わせることで、追っ手を完全に遮断できるからである。当然、とても高額の宿泊料を払うことになる。

現在、ここにどれくらいの数の客がいて、どれだけ地位のある者が隠れているのか、ホル・ホースに興味はない。彼が用があるのは、かつてチームを組んで共に戦った昔の仲間だけだった。

「――おーいおいおい、おーいおいおいおいおい……」

奇妙な呻(うめ)き声が奥のベッドルームから聞こえてくる。

野太い男の泣き声だった。そっちに行くと、ベッドに突っ伏して泣いている者がいる。訪問者がいることがわかっているはずなのに、お構いなしで泣き続けている。ホル・ホースは「ちっ」と舌打ちして、

「おい、オインゴ――弟はどこだ」

と訊いたが、オインゴと呼ばれた男はさらに泣き喚(わめ)いて、

「ホル・ホースよぉ――おれはもう駄目だぁ――もう何も信じらんねーよぉ――」

と情けない声をあげた。

「オメーが駄目なのは前からだよ。なんだよ、また女に振られたのかよ」

「運命の相手と思ったのによぉ――店を出したいって言うから金出したら、出店場所は日本だとかヌカしやがってよ――逃げられたぁ――」

「また顔面マッサージ術の弟子に手を出したのか。懲りねーなオメーは」

「おれはもう女なんか信じねーぞぉ――」

「いいから、弟はどこだよ――おれが来ることはもうわかってたんだろ？」

「おーいおいおいおいおいおいおい――」

ホル・ホースが訊ねても、オインゴはまた泣き始めてしまって言葉にならない。ホル・ホースはため息をついて、室内に眼を向けた。指を立てて、それを様々な箇所に向けていく。

「ふうむ――ベランダ、バスルーム……」

指をちょん、ちょん……と動かしていって、ドアを指差す。

「……と見せかけて、クローゼットだろッ！」

言うと同時に飛び出して、一気に扉を開いた。

すると中から黒い縮れた髪の小柄な男が転がり出てきた。子供のような顔と体格をしているが、一応、成人である。

「わ、わわわ、わ……ッ」

彼は手にしていた本を取り落としてしまい、慌ててそれを拾おうとする。それを横からホル・ホースがすかさずカッさらう。

「だから見えてんだよボインゴ――クローゼットの下からオメーの服の裾がよ。どーしてオメーは何かに隠れるときに、どっかハミ出さずにはいらんねーんだよ？　ったく……」

呟（つぶや）きながら、ホル・ホースはその本をぱらぱらとめくっていく。

それは奇妙な絵が描かれたマンガ本である。しかしちょっと頁（ページ）をめくってみたところで、ホル・ホースは顔をしかめて、

「なんだよ、まだ次のページが浮かんできてねーな。もうちょっと待たなきゃならんのか。ホレ、返すよ」

と言ってマンガ本を彼に——持ち主のボインゴと呼ばれた少年のような男に返した。

「ぼ、ぼぼ、ぼくは——で、出掛けたくない……」

ボインゴはおどおどした表情で言った。しかしホル・ホースはフン、と鼻を鳴らして、

「それを決めるのはおれでもオメーでもねーな？　その〝予知の本〟だろう？」

と言い捨てると、部屋からふたたび出ていった。

「う、ううう……」

ボインゴは胸元に本を抱きしめたまま、その場に立ちすくんでしまう。


「ったく——」

ホル・ホースはまた迷宮の廊下に出た。するとそこにマライアが待っていた。

「会えた？」

「まあな。説得にゃもう少し時間が掛かりそうだから、ビールとかもらえねーか。もちろん金

は払うからよ」

ホル・ホースがそう言っても、マライアはその場から動かず、彼のことをじっ、と見つめてくる。

「なんだよ？　さすがのおれも、旦那がどっかに隠れている家で不倫はできねーぞ」

冗談めかして言ったが、マライアは真顔のままで、

「あんた——今でも夢とか見る？」

と質問してきた。

「なんの夢だ？」

ホル・ホースがそう訊き返しても、マライアは何も言わずに、彼を見つめ続ける。ホル・ホースは、ふう、とため息をついて、

「——悪夢にうなされてる、って言って欲しいのか？　そこまでヒドかねーよ」

「でも、起きたときに冷汗をびっしりかいてる、みたいなことはあるんでしょう？　夢に出てくるんでしょう、今も——ＤＩＯの姿が」

「…………」

「あたしも時々、夢の中で必死であやまっている——ＤＩＯが出てきて〝マライア、何をグズグズしている。はやくジョースターどもを始末してこい〟って命令するのよ。あたしは何も言い返せずに、ひたすらにすみませんすみませんってあやまり続けるだけ——何も言えないのよ。

何も」

「………」

「どうしてなのかしら。もうあいつが死んでから十年も経っているのに――心酔していた頃の印象なんか、後からスピードワゴン財団の人たちから聞かされたあいつの過去の所業の数々の話で、すっかり消し飛んで嫌悪しか残っていないはずなのに――それでもまだ、あいつのことを夢の中では〝DIO様〟って呼んでる……」

「………」

「今でも信じられない。あいつって本物の〝吸血鬼〟だったんでしょう？　いや、そりゃあ十字架もニンニクも効かないから、伝説の魔物そのものじゃあないけど――でも百年以上も若々しいままの不死身の肉体と、他人から生命を吸い取るっていう性質を持っていた……どうしてあんな不気味なヤツに、あたしたちって忠誠を誓えていたのかしら？」

「……別に魂まで売っていた訳じゃあねーだろう、おまえもおれも。ヤツが途方もなく強かったから、それに便乗しようとしていただけだ。単なる打算だ」

「どうかしら――あんた、自信を持って言える？　DIOに魅了されたことなんか一度もありません、って。あたしは無理――ジョースターさんたちと戦ったときも、彼らの不屈の精神に圧倒されながらも〝でもこいつらではDIO様に遠く及ばない〟って決めつけていた――」

マライアは力なく首を横に振る。

「――そんなことはなかったのに、ね。ジョースターさんたちは、犠牲を出しながらもＤＩＯを倒した。そしてあたしたちもヤツの呪縛から解放された……そのはずなのに」

ぶるるっ、と彼女は身震いして、自分の身体を自分で支えるように抱いた。

「まだあいつが、すぐ近くにいるような気がしてしょうがない……路地を曲がると、そこに立っているような気がして仕方がない――」

「あんまり深く考えんなよ。おれたちは助かった、運が良かった。それでいいじゃあねーか」

ホル・ホースは極力、軽薄そうに言おうとしたが、しかしその語尾が微かに震えていた。

そのとき――彼らの背後の扉が開いた。

「ン？」

とホル・ホースが顔を向けると、そこにはボインゴが立っていた。ドアに半分身を隠して、びくびくしながらも自分から出てきた。

「どうしたボインゴ――はは あ、新しいページがあらわれたな？」

ホル・ホースが訊くと、ボインゴはうなずいて、

「へ、変な地図が出てきた――知らないところで――」

と言った。どれどれ、とホル・ホースは差し出されたマンガ本を受け取って、ぱらぱらとめくる。

さっきはなかった絵と文字が、白紙だった頁に浮かび上がっていた。そこに記されている地

点を、ホル・ホースは読み上げる。

「ええと——この位置はユーラシア大陸の東端の列島——日本だな。東北の方で——その中心都市がある辺りじゃなかったか。名前は確か——」

一九九九年のM県S市——そこにホル・ホースの目的とするものが紛れ込んでいるのは間違いなさそうだった。

2.

時代は変わっていき、世代も移っていき、同じままでいられるものなど何もない、ということなのだろう。

（——でも、私は嫌だわ……）

花京院涼子は、とても不快だった。

学校で、級友の男子からは〝冷たく、気取っている〟と思われ、女子生徒からは〝いつも冷静で頼りになる〟と思われている彼女は、一人でいることが多い。

その額の前で、長く垂らした前髪が揺れている。右側だけ下ろしていて、しかもゆるいウェーブが掛かっていて頭から浮き上がっているので、親しい友人からは〝虫の触角の大きなヤツみたい〟とからかわれる奇妙な髪型だ。しかし彼女はその髪型を変えようとは思わない。

学校一のモテ男を自称していて女子人気の高かったサッカー部のキャプテンにも〝花京院さんってさ、その髪型がなんか取っつきづらいんだよ。左の前髪も下ろすか、あるいは逆に額を全部出しちゃうとかすれば、もっと可愛くなると思うんだけどなあ〟とか言われたこともあるが、冷たく無視してまったく反応しなかった。

「………」

彼女は今、墓前に立っている。

花京院家代々の墓だ。そこには彼女の従兄弟だった花京院典明も葬られている。あの優しかった〝おにいちゃん〟が死んでから、もう十年にもなる――。

「――」

墓参りに来ているのは彼女一人だけだ。時々、彼女はこうやって家族にも内緒で、この墓に参りに来る。

しかしそれももう終わりだった。墓参りそのものはこれからも続けるが、それはこの場所ではない。都市再開発、という名目でこの墓地は離れた郊外に移されることになったから従ってくれという指示が役所から出ているのだ。花京院本家はそれを素直に了承したので、ここに墓があるのも今のうちだけなのだった。まもなくこの周辺は、見る影もなく山が削り取られて、平板な道路が敷かれて、無機質な建物が並ぶことになる。

(そんな勝手に――せっかくおにいちゃんが、この町に帰って来れたのに……私は嫌よ、絶対に——）

ほんとうなら今日は、大学受験に合格したことを典明おにいちゃんに報告するつもりだったのに、そんな嫌な話を聞かされてしまったために、涼子はひたすらにやりきれない気持ちだった。

「ごめんなさい、おにいちゃん——私は、やっぱり全然おにいちゃんの助けにはなれないのね……」

彼女は墓の前で座り込んでしまって、がっくりとうなだれていた。

しばらくそのまま動けないでいた彼女の耳に、そのとき——その音が聞こえてきた。

空に羽ばたく、鳥の飛行音が。

耳の奥にこびりついている——忌(い)まわしい音だった。

「——ッ!?」

彼女はばっ、と顔を上げた。だが鳥の姿はどこにも見つからない。しかし音は聞こえる。彼女はその音の方に向かって走り出した。

墓地から飛び出して、市街地の方に向かう。ぜいぜい息が切れるが、それでも彼女は必死でその音を追う。

空の向こうに、ちら——とその姿が見えたような気がした。

頭部の大きい、丸まった嘴(くちばし)が特徴的な姿が——鸚鵡(おうむ)のシルエットが。

「ううう……ッ！」

彼女の喉から、悲痛な呻き声が洩れた。あの鳥を捕まえなければ、という切迫感が湧き起こってくる——今さらなんのために、という問いは心の中にはなかった。

しかし、彼女の足はもつれて、転倒してしまう。

鳥の音はどんどん遠くなっていって、そして聞こえなくなった。

「ああ——」

彼女は弱々しく呻いた。立ち上がろうとする気力も湧いてこなかった。その彼女の指先に、何かが触れた。路面とは異なる紙の感触だった。

なんとか身を起こして、それを拾ってみる。奇妙な絵が載っているマンガ本だった。

〈OINGO　BOINGO〉

という変な題が表紙に書かれている。

なんだこんなもの、と投げ捨てようとした彼女の眼に、その中身の一文がちら、と見えた。

〝DIO〟

そう書かれていた。それは彼女が決して忘れられない名前だった。

「————ッ！」

彼女は投げ捨てようとした本を戻して、その中身を熟読し始めた。

＊

（ちくしょう、あの馬鹿はどこに行きやがったんだ？）

ホル・ホースは焦っていた。

せっかく日本に来て、目的地のＭ県Ｓ市についたは良いものの――駅から出たところで、連れてきたボインゴが突然に姿を消してしまったのだ。

迷子になったとしか思えないが、どこに行ったのかとなると、見当もつかない。不慣れな土地でもあるし、そもそもボインゴを連れてきたのも、彼の〝予知の本〟の能力が探し物をするのに最適な才能だからで、その本人がいなくなってしまっては話にならない。

（アレほどおれから離れるな、って言っといたのによォ――ッ。どっかでぴいぴい泣いてるんだろうが……）

ホル・ホースはＳ駅からケヤキの木が並ぶ表通りに出ていった。周囲を見回して、あらためて思う。

（しっかし日本ってのは……やはり繁栄してんだな、この国は――成田（なりた）空港やら新幹線に乗るときに寄った東京駅の規模にもびびったが、地方都市だっていうこのＳ市も充分に大都会じゃあねーか――エジプトやインドとは比べものにならねー……通行人がみんな小綺麗に着飾ってて、町全体が大金持ちの屋敷みてーに整理されてやがるぜ……オイルマネーもねーのに、なんでこんなに栄えてやがるんだろうな？　理解できねーぜ――）

いかんいかん、完全にお上りさんになってるとホル・ホースは反省しながら、ボインゴを捜す方法を思案した。

（コネがねーからな――情報屋とか日本にもいるのか？　人捜しをしたいときはどうすりゃいいんだ……）

警察に相談する、という発想は彼にはない。そういう常識がそもそも彼の生きている社会にはない。

やはり自分で見つけだすしかないか。ボインゴに渡している日本円は大した額ではない。そもそもあいつは見知らぬ外国で買い物ができるほど神経が太くない。というか完全に対人恐怖症なのだ。

（ああまったく……だからオインゴも連れてきたかったんだが、あの野郎〝世界中の他のどこよりも、今はあの女がいるはずの日本には行かねー〟とか言い張りやがって――）

しかし、どっちにしろ無理だったろう。ボインゴの〝マンガ本〟には彼の兄が同行するとは予知されなかったからだ。ボインゴだけがホル・ホースと行く――そう記されていたからだ。

ボインゴは自分の〝マンガ〟の予知能力を百パーセント絶対だと信じている。その正確さはかつてホル・ホース自身が身を以て体験したからよく知っているが――逆に言うと、ボインゴはいくら自分の気が進まなくても、予知に出てしまったことを実行しないわけにはいかないのだ。しかしその内容はなんとも理解に苦しむあやふやな形でしか示されないので、解釈を間違えるとえらいことになる。

(だからきっと、この迷子になったのも〝マンガ〟に振り回された結果なんだろうが——ったく、絶対に読み違えてやがるぞ、アイツは)

ホル・ホースは頭をがりがりと掻いてから、帽子を被り直した。

あれこれ考えていてもしょうがないので、彼は道行く通行人の一人に、

「あー、ちょっと訊ねたいんだが——」

と話しかけた。ちゃんと日本語で言ったのだが、相手は彼の方をちらとみて、すぐに足早に去ってしまった。

「あ?」

聞こえなかったのかな、とホル・ホースはさらに別の人に、

「なあ、ちょっと——」

と呼びかけたが、やっぱり反応してくれずに、さっさと立ち去られてしまう。

「えーと、すみませんが、その——」

呼びかけを変えて色々と試してみるが、やっぱり誰も返事をしてくれない。

(な、なんだこの国は——これがインドだったら、呼びもしないのに物売りが押し掛けてくる

もんなんだが……他人に関心がないのか？）

彼が世界で会ってきた日本人は基本的に人なつっこくて色々と話がはずんだものだったので、この国内外の態度の差には少しショックを受けた。

「やれやれ――」

と彼が帽子をちょいちょい、といじっていると、車道を挟んだ通りの向こう側から、

「ねえねえママ、あそこにカウボーイがいるよ？」

という小さな女の子の声が聞こえてきた。顔を向けると、好奇心いっぱいという表情でこっちを見ている子供がいる。

ホル・ホースが「ヘイッ」と手を上げてみせると、子供はきゃっきゃっと喜んで、

「ヘイヘイッ！」

と返事をしてきた。やっと応じてくれる人間が現れたな、とホル・ホースは思ったが、すぐに子供の母親が「見るんじゃありませんッ！」と強い口調で言って子供の手を引っ張って去っていく。

ホル・ホースは肩をすくめて、しかたないので自力でひたすら歩き回ろうかと考えた……そのときだった。

ふいに、どこからともなく声が聞こえてきた。雑踏の中でも急に誰かが言った単語が聞き取れることがあるが、まさにそういう感じで耳に忍び込んできた。

〝歩道が広いではないか——行け〟

背筋が凍りついた。それは彼が知っている声だった。とてもよく知っている——身に染みついていて、心にこびりついて離れない声だった。

DIOの声だった。

＊

「——ッ!?」

ホル・ホースは周囲を見回した。だが当然のことながら、DIOの姿などどこにもない。そもそも今は昼間なので、仮にDIOが生きていたとしても吸血鬼のヤツは日光の下に出てくることはあり得ない。

（そうとも——あり得ない……）

だがそのホル・ホースの判断を嘲笑うかのように、さらに声は聞こえてきた。

〝関係ない——行け〟

その声がどこから聞こえてくるのか、それを確かめる余裕はホル・ホースにはなかった。

続いてすぐに、隣接する車道の方から激しい音が響いてきたからだ。それは探るまでもなく、あからさまに周囲を引き裂くような鋭い騒音だった。

車のタイヤが路面に激しく擦りつけられる音。あまりの急加速にグリップが追いつかず、アスファルトの上で空転するときの悲鳴のような音。

振り向いたときには、もうその車は全速力でこっちの方に突進してくるところだった。

「な——」

ホル・ホースは驚愕しつつも、運転席の中を観察していた——運転手の顔にあるのは、どこまでも深い怯え、ただそれだけだった。恐怖に駆られて、アクセルを踏み込んでいる……歩道に向かって。

車のコースは、ホル・ホースから見てやや斜めになっていた。突っ込んでくるのは彼の方ではない。

さっきの子供連れがいる方向だった。

彼女たちは呆然となってしまって、その場に立ちすくんでしまっている。

「ぐッ……!」

ホル・ホースの手の中に〝拳銃〟が浮かび上がった。

車に向けて狙いをつける——だがどこを狙う?

運転手の額をぶち抜くか？　いやそれでは踏みしめた状態のアクセルを解除できないだろう。前輪を破壊して停めるか？

（いや──勢いが既につき過ぎている。タイヤを射抜いても慣性でそのまま突進してくる──どうする？）

ホル・ホースの手は小刻みにぶるぶると震えていた。あれから、いつもこうだ──あやまって自分のことを自分で撃ってしまって以来、真面目に何かを狙おうとすると手が震え出すのだ。どうせ発射すれば〝弾丸〟もスタンドなのでどんな体勢で射とうと狙ったところに飛んで行くから関係ないのだが──それでも震えが止まらないのだった。

しかし今は、そのことを気にしている暇はない。決断しなければならない。

（──ええいッ！）

ホル・ホースは引き金をひいた。

車の前輪を狙って、弾丸を発射した。

ただし両方とも、ではない。左側の前輪だけだ。

外れるはずもなく、タイヤは破壊される──すると車は大きく傾いて、コースがずれた。子供連れの方ではなく──ホル・ホースの方へとねじ曲がった。

逃げる──のは微妙に間に合いそうもなかった。射撃していたから、その体勢になっていなかった。

どうしようもなく、目の前に車が迫ってくる——。

(うううう っ——!)

ホル・ホースは思わず眼をつぶった……だがその瞬間だった。

……ごん、

という鈍い衝突音が先にした。瞼(まぶた)を開けたホル・ホースの視界に飛び込んできたのは……車が、宙を舞うところだった。

こっちに突進してきていたはずの車が、いきなり横っ跳びに弾かれて、宙を舞っている——その車体の横面が、大きく凹(へこ)んでいる。まるでとんでもない怪力で、そこをブン殴られたような形の損傷があった。

車はそのままホル・ホースの前を横切るようにして飛んでいき、建物のショーウィンドウの中へと突っ込んでいった。マネキンがばらばらになるが、そこには他に誰もいない。

車輪が空転する音ばかりが、虚しく響く——車は停止した。

周辺が大騒ぎになっていく。事故だ事故だ警察を呼べいや消防車だ救急車だ、と騒ぎがたちまち拡大していく。

「…………」

ホル・ホースは茫然と立ちすくんでいる。

突然に横から現れて、車を吹っ飛ばしたパワーは――。

（い、今のは――）

「――」

絶句しているホル・ホースの方に、近づいてくる人影がある。

車道を横切って、大騒ぎになっている周囲をよそに、落ち着いた物腰で静かにこっちに歩いてくる。

「あんた――その〝拳銃〟――」

そいつはホル・ホースの手を指差してくる。

「どーも他の人には見えてねぇよーだな――つまり、あんたは〝おれと同類〟――そう判断していいってことだな？」

まだ十代半ばという風の、その少年は静かにそう話しかけてきた。

「でもよォ――気にいらねーな。いきなり町中でブッ放すのは感心しねーよ。どういうつもりだよ、あんたは？」

その声には明らかな敵意が漲っているのを、ホル・ホースは感じていた。

これがホル・ホースとその少年――東方仗助の出逢いだった。

3.

（な、なんだコイツ——この髪型はッ？）

ホル・ホースは世界中を旅してきている。色々な人間たちと会ってきた。不思議な風習の数々に遭遇してきた。

（だがこんなヤツは見たこともねえッ——こんな奇妙な髪を頭に載っけて、それで町ン中を平気で歩き回っているよーな常識を超越した埒外の人間はよォ——ッ）

前髪を大きく前に突きだした形にまとめている——その大きさからして、髪自体は相当な長髪のはずだった。男の癖にかなりの時間と手間を掛けて髪を伸ばして、それでわざわざこんなハンバーガーみたいな形にするというのは、どういう精神構造なのだろうか——これがジャポニズムというものなのだろうか？

（傾奇者、ってゆーヤツなのか……？）

しかしいくら異様な姿をしていても、それは現在においては重要なことではなかった。

問題なのは——こいつが敵意を剝き出しにして迫ってきていて、かつ……

（スタンド使い……！）

だということだった。しかも車を一撃で吹っ飛ばしたことから見て、とんでもなく強力な……

（ストレートなパワー型——あからさまに戦闘的なタイプだ……ッ！）

ホル・ホースは車を撃つためにかまえていた〝拳銃〟を下げられない。少年——東方仗助の方に銃口を向けたような形を維持し続けている。

「なあ、カウボーイのおっさんよォ——ッ……どういうつもりか、って訊いてんだけどな、こっちはよォ——ッ……」

言いながら、仗助は近づいてくる。その両眼が異様だった。

冷たく凍りついているようにも、激しく燃えているようにも見える。

その眼で睨まれた者はただではすまない——そういう不気味な光を放っている。

「う——」

「アレか？　なんか自分に酔ってる、ってヤツなのか？　ガンマンの格好をして調子に乗って、西部劇気取りでバンバンぶっ放したい、っていう——そういう傍迷惑なマヌケなのか、あん？」

「————」

「馬鹿みたいだって思わねーのか、そんな格好は——その帽子、そんなもん被っているヤツがこの辺にいるか？　客観的に自分を見れねーんじゃあないのか？」

ホル・ホースは思わず、テメーに言われたくねーよ、と言い返しそうになる。しかしそこは

ぐっ、とこらえて、

「おまえは——おまえが今の暴走の原因か？」

と、できるだけ冷静そうに訊いた。内心の不安を押し殺して、クールな態度を装う。

「ああ？」

仗助の眉がひそめられる。ホル・ホースは怯まず、

「あの運転手——すさまじく恐怖におののいていた。あれはおまえのせいか。おまえが、そのスタンドで脅したのか？」

とさらに問いを重ねる。仗助はますます訝しげな顔になり、

「スタンド——？」

と訊き返してきた。ホル・ホースは、そうか、こいつはスタンドという名称を知らない……他のスタンド使いに遭遇したことがないのか、と悟った。

「おまえのその、常人にはない特殊な〝能力〟のことだよ——」

ホル・ホースはそこで、ちら、と吹っ飛ばされた車に視線を向けた。仗助から眼を離せないので横目で見ただけだったが——それでも、あれ、と思った。

（ない——ぶん殴られたような、車体側面の凹みがないぞ……？）

確かにそこにあったはずだった。横から突っ込まれて抉られていたはずだった……だが今はその痕跡がまるで残っていない。

なおってしまっている。

(どういうことだ……どういう理由なんだ、あれは――)

いったん壊れたはずのものが、そこだけ修復されている――しかしホル・ホースが射抜いたタイヤやショーウィンドウに突っ込んだときの損傷などはそのままである。

(こいつの――このガキが攻撃したところだけ、まったく痕跡が残っていない、っつーのか……?)

能力の性質が読めず、ホル・ホースはさらに戦慄した。そんな彼を前に、仗助は、

「スタンド――っていうのか?」

と呟いた。それから唇を尖(とが)らせて、

「もしかして、側(そば)に幻影が現れて立つから、スタンド――なのか? なるほど……考えたヤツは冴えてるな」

うなずきながら言う。それからホル・ホースをあらためて睨みつけて、

「で――運転手がどーしたって?」

と訊いてきた。威嚇(いかく)されっ放しである。

(くそッ、舐めるなよッ、おれは自慢じゃないが、大した実力もねーのに口先のハッタリだけで他の超強力なスタンド使いたちの間を渡り歩いてきたんだぜぇーッ――会話の主導権だけは絶対に譲らねーぞッ)

ホル・ホースはなんだか訳のわからない闘志を燃やして、

「――勘弁してやるよ」

と不敵な笑みを浮かべて言った。

「あん？」

「頭を撃ち抜くのは勘弁してやる――その格好いい髪型を乱すのは悪いからな。ブチ抜くのは心臓の方にしてやるよ。せめてもの情けだ――」

自信たっぷりな様子を演出しながら、芝居がかったことを言う。

「墓に入るときには、綺麗な姿のままだ。それなら安心して死ねるだろう？」

ホル・ホースは挑発したつもりだったが、日本では火葬が一般的で、遺体は残らないことを知らないので、そういうズレたことを言ってしまう。だがこれに仗助の方は言い返さず、

「――ちょっと待て」

と、眉の辺りに指をあてて、何かを考えるような仕草をする。

「あんた、今――なんて言った？」

その声に変化がある。威圧感も何もなく、ただ質問しているだけ、という軽いものに変わっている。迫力がなくなっている。ホル・ホースは、む、と訝しんだが、一応、

「だから、ブチ抜くのは心臓の方で――」

と繰り返そうとしたが、これに仗助は、ばっ、と手を上げて遮り、

「いや、そうじゃなくて――その前だよ。なんて言ったんだ？」

とさらに訊く。ホル・ホースは少し混乱してきたが、仕方なく、

「あの運転手は、おまえが脅したのかって質問したんだが――」

と言うと、さらに仗助は首を横に振って、

「いや、それの後だよ。その間だよ――あんた言ったよな？　確かに言った――なんて言ったのか、もう一度はっきりと口にしてくれねーかな？」

と変な真剣さを伴って、懇願するように訊ねてくる。ホル・ホースはもう何がなんだかさっぱりわからず、何を言ったっけ、と少し考えてからやっと思い出す。

「えーと、だから――頭を狙うのは勘弁してやる、格好いい髪を乱すのは悪いから、って言って――」

とホル・ホースが喋っている途中で、突然に仗助は、

「――そうッ！　それ！　それだよッ！」

と大声を上げた。それは、事故で集まってきていた野次馬が驚いて、二人の方を一斉に振り向いたほどに大きかった。

ホル・ホースは戸惑ったが、仗助はまったくおかまいなしで、そして急に満面の笑みを浮かべて、ずかずかと無遠慮にホル・ホースのところに歩み寄ってきた。まったくスタンドを出さずに、無防備に来た。あまりにも開けっぴろげなので、ホル・ホースには攻撃のタイミングが

まるで摑めなかった。

「え、え――」

動揺しているうちに、仗助は彼の前に立って、そして突き出したままのホル・ホースの手をがっちりと摑んで、大きく上下に振った。

「いやあ、わかってるねえ、あんた！　格好いいっしょ？　そうっスよねえ〜〜ッ？　この髪の毛って最高にクールでグレートだって思うよなぁ〜〜ッ？　いやいや話がわかる男っスよ、あんたは！」

底無しの陽気な声で話しかけられて、握手されて、しまいには肩を叩かれる。

「え？　えええ？」

「いやあ悪かったっス！　ちょっと勘違いしてたよォ〜〜ッ。あんたが悪いのかと疑っちまってた。しかしそいつはおれの勘違いだったみたいっスねェ〜〜ッ。あんたはいい人だよ。間違いねー」

「ええええ？　ええええ？」

「あー、あとそれから、あんたの格好もグレートだぜ。いやあ良く似合ってるっスよ、そのカウボーイの姿。最高にクールっスよ。うんうん」

「――えー……」

Dの弐——“Dazed date(騒乱の遭遇)”

『いったい何を不思議がってるの？　誰もなんにも疑っていないのに？』

『N・i・N・i――だから不思議なんだよ』

――岸辺露伴〈ピンクダークの少年〉

1.

オインゴとボインゴの兄弟が初めてDIO（ディオ）と遭遇したのは、彼らが町の情報屋として活動していたころのことだった。生まれながらに特別な能力が備わっていた兄弟は、気味が悪いと両親からこっぴどく虐待されていて、ボインゴが五歳の時に家出し、以来、ずっと二人で生き抜いてきていたのだが――そこに一人の男が現れたのだ。

「私の名前はテレンス・T・ダービーと言います。評判のお二人を是非とも私の主人に引き合わせたいのです。損はさせませんよ」

若い癖に妙な慇懃（いんぎん）無礼さと有無を言わせぬ迫力のあるテレンスに、兄弟は逆らえなかった。前渡し金として渡された大金にもつられて、彼らはDIOの前に引き出された。燭台の上の蠟（ろう）燭（そく）の炎だけがゆらゆらと揺れている薄暗い部屋の中で、玉座のように豪奢（ごうしゃ）なロココ調の椅子に腰掛けて、頰杖（ほおづえ）をつきながら、真っ赤な唇を優雅に動かして、DIOは二人に話しかけてきた。

〝君たちは――他の人間にはない、不思議な力を持っているそうだね？〟

その声を聞いたときの、奇妙な甘さと心の揺れが瞬時にかき消されるような不思議な安らぎをボインゴは忘れられない。兄の方はひたすらにがたがたと震えて、全身から冷汗を流して怖がっていたが、いつもは怖がりのボインゴは何故かこのときには恐怖を感じなかった。DIO

はさらに、

〝ひとつ――その能力を私のために役立ててくれると嬉しいんだが〟

と話しかけてきた。ボインゴが習慣的に、未来を確認しようと胸に抱えていたマンガ本を開こうとして――そこでぎょっとする。

いつのまにか、その本がなくなっている。

目の前に座っているＤＩＯが、ぱらぱらと本をめくっている。

立ったところも、動いたところも、そして本を取り上げられるところも、まったく感じられなかった――それなのにＤＩＯは、気がついたらボインゴの本を取り上げて、まるで自分の所有物のように我が物顔で指先でもてあそんでいる。

「う……」

兄弟が愕然(がくぜん)としている中、ＤＩＯは〝もう飽きた〟という風に本をぽい、と兄弟の方に投げて寄越してきた。ボインゴはあわてて拾い上げて、そしてページをめくる……凍りつく。そこにはおぞましく歪められた字で、びっしりと埋め尽くされていた。

『無駄……』

……他の予知が、未来が一切、顕れてこない——すべての可能性が〝無駄〟と切り捨てられていた。

*

……あのときと同じような気分だった。いつのまにか胸元からマンガ本が消え失せてしまったときの、あの喩えようない虚脱感がふたたびボインゴの中に蘇っていた。

(ううう……)

今、彼の手元から、またしてもマンガ本はなくなっている。予知がないから、どこに行ったらいいのかもわからない。S駅の広い構内の隅っこで、膝を抱えて座り込んでいた——本を探しに行きたいのを必死でこらえていた。

予知に出てしまったのだ……問題の言葉が。

『いつもご愛読ありがとうボインゴ!
君こそ、このマンガの一番の愛読者だよ!
でもねボインゴ、運命は変えられないんだ!
君がこれからもマンガを読み続けたいのなら——

君はいったん、マンガを手放さなきゃならない！
さあボインゴ、本を置き忘れるのさ！
置き去りにして省みないのさ！
大丈夫、いずれ本は君の手元に戻る――
だから今は捨てよう。この本を捨てよう。
勇気を持ってポイしよう！
ヤッター、これで君はＤＩＯの手下からメデタク卒業ダァーッ！』

――予知がそう告げてしまった以上、彼はそれに逆らうことができない。今回も別に、わざと忘れようと放置したわけではなかった。だがこの予知が出てきた三分後には、もうマンガは彼の手元になかった。先を進んでいたホル・ホースの後をついていこうと焦っていたら、脇に抱えていたはずのマンガがいつのまにか手元からなくなっていたのだ。

話としては単純そのもの――単にボインゴがカバンを抱え直したときに脇から滑り落ちてしまっただけで、そのマンガを通行人の子供が拾って「何これ気持ちワリィ絵ェーッ。ひゃははッ」と笑いながらどこかに持っていってしまった――それだけの話だった。

だがボインゴは、積極的に探しに行くことができない。

（うううううう……）

マンガがないと、何をしていいのかまったく見当がつかないのだ。周囲を見回すこともできない。膝を抱えてうずくまることしかできない。いつもなら迷子になったときには兄ちゃんが側にいてくれたらと思うのだが、今はそれさえない。

ただ茫然とするだけだ……自分の存在理由が突然、根こそぎなくなってしまったような気がしてならなかった。

「………」

彼が口を半開きにして、茫然と座り込み続けて、どれくらいの時間が経ったのか——何人かの日本人たちが前に来ては、あれこれ訊ねてきたが、ほとんど返事もせずに座りこみ続けていた。立ち上がる気力がないのだった。ホル・ホースに見つけてもらうのを待っていると言えないこともなかったが、そういう具体的な考えもまったく浮かんではいなかった。

そんな中で、数名の駅員と、一人だけ雰囲気の違う制服姿の男が彼の方に近づいてくるのが視界の隅に入る。

「ああ、こいつです。朝からずっとここに座り込んでいて、ほとほと困っているんですよ。何を言っても反応しないし、下手に手を出すと暴れるかも知れないし——外国人みたいだし、もしかして話が通じていないのかも」

「ふうむ——」

駅員が制服姿の男に話しかけている。男はそれなりに歳が行っているようで、髪の毛は半分がた白髪になっている。初老だが、しかしその物腰にはまだまだ頑強さが感じられた。

警察官のようだった。日本の警官はまるで軍人の礼服みたいな格好を日常的にしているのをボインゴは知らなかったが、それでもこの初老の男に、なんとなく活劇映画に出てくる典型的な〝イイモノの警官〟のような印象があると感じた。

「おい君、言葉は通じるのかな？」

男が腰を屈めて、ボインゴと視線の高さを合わせてから話しかけてきた。ボインゴはうなずく。彼は日本語だけでなく世界中のすべての言葉が話せる。理由はわからない。あるいはそれは彼の不思議な能力の副産物かも知れない。相手が何を言っているのか、書かれた文字が意味しているのは何か、彼はすべて聞き取れるし、読み取れるのだ。物心ついたときからそうなのだった。

前に一度、未だ解読されていないという古代の碑文を前にして、それが読めることに気づいたこともある——誰にも何も言わなかったが。文章の中身がただ単に、その年の農作物の収穫量予想で、皆が知りたがっているような詩的なことが皆無だったので、信じてもらえそうになかったからだ。

だが、いくら言葉がわかっても、それでうまく喋れるということはない。どんな言語であっても、彼は常に口下手で、科白は口からすんなりと出てこない。

「ぼ、ぼぼ、ぼくは——」

ボインゴが言い淀んでいるのを、警官は辛抱強く待って、それから穏やかな口調で問いを重ねる。

「もしかして、何か困っていることがあるのか？　手伝えることがあるなら話を聞くから、とにかく駅から一度出ようや——切符は持っているんだろ？」

疑っている様子が微塵もない、それはボインゴのことを信用しているような口振りだった。彼も素直に、

「う、うん……」

ごそごそとポケットを探って、新幹線の切符を出してみせる。警官の男はうなずいて、

「よし、問題はないな」

と言うと、駅員たちもほっとした表情になって、

「いやあ、助かりましたよ。さすが良平さん。いつもいつもすいません」

と初老の男にお礼を言った。ボインゴが彼に導かれるまま立ち上がって、

「ぼ、ぼくはボインゴ——あ、あなたはり、リョーヘーさん……？」

と訊くと、警官はうむ、と太い首を縦に振って、

「わしは東方良平という。この町のことはけっこう詳しいぞ」

と名乗った。

2.

カウボーイ姿の中年男と変な髪型の少年は連れだって、S駅へと歩きながら話している。

「しっかしホル・ホース。あんたって日本語うまいっスよねェ〜ッ。外国人の癖に」

「フッフッフッ。なあ仗助、オメーは外国語を習得する一番の方法はなんだと思う？」

「あ、そーゆー風に説明の前にいちいち質問するのって、オッサンの特徴だって知ってる？」

「やかましいッ。よけーなお世話だッ。で、言葉を学ぶ方法だが……大事なのは愛だな、愛」

「うわ、ウッザ」

「まあ聞けよ。こいつはマジなんだぜ。その国の女の子と仲良くなって、恋人同士になることが外国語をマスターする一番の近道なんだよ」

「で、その日本人の恋人とやらは今どーしてんです？」

「まあそれは、なんだ。大人の関係には色々あるんだよ」

「フラレたって訳スね」

「彼女は新しい未来に旅立っていったんだよ。それを祝福してやるのが真の男ってモンなんだぜ？　わかるか？」

「まあ、隠し子とかいなきゃ、なんでもイイっスよ」

「なんだそりゃ。おれはそんなにだらしなくねーぞ」

「まあフツーはそうっスよね。……で、あんたはなんでそんな変な棒をいっつもくわえてンですか？」

「変な棒じゃねーよ。これはツマヨージだろうが、ツマヨージ。木枯し紋次郎だろうが」

「なんスか、それ」

「知らねーのかよッ。仗助、おまえそれでも日本人かよッ。時代劇のヒーローだろうがッ。有名だぞ有名」

「そいつはアレっスか、そのフラレた彼女に教えてもらったんスか？」

「まあそうだ。昔は煙草吸ってたからな。やめてからはなんか口が寂しくてな。禁煙パイプもなんかしっくり来ねーし。つーかアレ縁起わりーし。なんかねーか、って言ってたらツマヨージが格好いいって言われてな。本当は岩鬼の葉っぱの方がいいとも言われたんだが、アレってなんの植物なのか、さっぱりわかんねーからなア……」

「イワキノハッパってなんスか」

「お、オメー……信じらんねーなッ！　ドカベンを知らねーッつーのか？　いったい何見て育ったんだ？　日本の文化とズレすぎだろーがッ」

「いやいや、そいつは単にあんたの元彼女が異常にマニアックってだけだと思いますけどねェ〜ッ」

「え？　そーなの？」

「そのドカベンだかドカベソだかも含めて、あるいは全部ウソかも知んねーなァ〜。あんたを騙して、陰でコッソリ笑ってたりしてェ〜〜ッ。思い当たるフシとかねーの？　浮気がバレて恨まれてたとかよォ〜〜ッ」

「そ、そうかな……自信満々にそう言われると、なんかそんな気もしてきたな……」

「騙されてんですよ、あんた。迂闊だなあ」

「うぐぐ……」

「で、騙されてるとわかったら、もうそんな変な棒をくわえるのはヤメますか」

「——い、いやッ。こいつを選んだのはおれ自身だ。それに彼女がテキトーなことを言っていても、そいつを受けとめるのが真の男ってモンだぜ。おれはホル・ホース。世界一女に優しい男だからな」

「おおう、御立派ですなあ〜〜ッ。まッ、そのカウボーイの帽子とは良く合ってますよ」

「おまえの髪型も同じだぜ？　ポリシーがあってイカすスタイルだが、将来ガールフレンドにやめてくれって言われるかも知れない。そんときはどーするんだ？」

「え？　おれっスか？　いやあもう、そんときはその女をボコボコにするだけっスよ。男女差別とかしない主義なんで」

「おまえ、意外にエグいな……どうしてそこまで髪型にこだわってるんだ？」

「いや、カッコイイもんに意味なんてないっスよ。グレートだから。他に理由なんかいらねーっス」

「うーむ。それだけ聞くと立派なんだがな——」

二人はなんだか、会ったばかりとは思えないほどに意気投合していた。もともとホル・ホースは誰とでもすぐに打ち解けられる才能を持っているが、仗助の方の奇妙なフレンドリーっぷりには、さすがのホル・ホースも少し戸惑っていた。

「でもホル・ホース、おかげで助かりましたよ」

「え？　なにが」

「いやいや、あんたが教えてくれたんじゃないっスか——〝スタンド〟ってモノを。これでおれがいきなり別のスタンド使いに襲われて、そいつから攻撃された上にエラソーに〝これはスタンドと呼ばれるものだ〟って言われても、全然ビビらねーで即反撃、とかできるってモンですよ。グレートでスよ、こいつは〜〜ッ」

「いや、おまえ——」

さっきだって一切まったく一欠片のこれっぽっちの微塵も動揺なんぞしていなかったじゃないか、と反論しかけて、しかし何故かためらわれる。

この東方仗助が何を考えているのか、その心の裡を自分が決めつけることなどできそうもない、と感じたからだ。

「……しかし、本当におれの連れはまだ駅の中にいると思うのか？　オメーがそう言うから、こうして戻っているんだが。無駄足だったら――」

「いやあ、そんときは駅員に訊けばいいんですよ。その人ってかなり変わってんでしょ？　きっと目ェつけられてますって」

「いや、しかしなあ――さっきも訊ねようとしたが、誰も答えてくれなかったし」

「おれがいれば大丈夫っスよ。外国人がメズラシーからチト警戒されてただけですから。悪い人じゃあないんですよ、この町の人たちは。少し人見知りなだけで」

かばうようなことを言う。それなりに愛郷心は持っているようだ。

「ならいいんだが――」

ホル・ホースは不安を感じながらも、他にやれることもないので仗助の後をついていくしかない。駅にまた入るのに切符がいるのか、と思ったが、仗助は改札口の方には行かずに、駅の裏手の、関係者事務所に向かっていった。

「お、おい――」

ホル・ホースが声を掛けても、仗助はおかまいなしで、遠慮なく事務所の扉を開いて無遠慮に室内に入ってしまう。

「ちーっス！　オハヨーゴザイマース！」

陽気な声で皆に呼びかける。ホル・ホースはびくっ、とするが、駅員たちの方は顔を上げて、

「いやあ、このカウボーイが人を捜しているってことで。さっき駅ではぐれたっつーから連れてきた」

「なんだ、どうかしたのか今日は」

と慣れた調子で反応してきたので、ホル・ホースは「あれ」と思った。知り合いなのか？

「おう、仗助か」

仗助がホル・ホースを紹介すると、駅員たちは顔を見合わせて、

「もしかして、それって縮れ髪の背の低い無口な子供のことか？」

と逆に訊き返してきた。仗助が、どうよ、とホル・ホースの方を窺ってきたので、

「あ、ああ——たぶんソイツだ」

と答える。こんなにあっさりとわかってしまって良いのだろうか？

「で、その人は今どこにいるんスか？」

「いや、もう駅にはいない」

「どこに行ったかわかる？」

「おいおい仗助、それをこっちに訊いたってしょうがないぞ。おまえが直接、良平さんに訊けよ」

駅員の一人がそう言うと、仗助は「げ」と顔をしかめて、

「なに？　もうジジイが先回りして来てたの？」

と言って、それからため息をついて、

「スンマセンがホル・ホース――おれはこの辺でおさらばします」

と急に言い出した。

「え？」

「ジジイにあれこれ説教されるのはメンドーなんで。縁があったらまた会いましょう。んじゃ」

しゅたっ、と手を挙げて、きびすを返して、あっというまにその場から走り去ってしまった。

「――え？」

ホル・ホースが茫然としていると、駅員がくすくす笑い出す。

「あんたも災難だな。まあ悪気はないんだよアイツも。勘弁してやってくれ」

「はあ――あの、リョーヘーさんというのは」

「仗助のお祖父さんだよ。東方良平さんは親切な警察官だ。あんたの連れも保護してもらった」

「じゃあヤツは今、警察に？」

「そうだ。あんたらに後ろめたいことがなきゃ、もう問題ないだろう」

「そりゃ、ありませんがね――アイツ、どんな感じでした？」

「なんか異様にしょげてたよ。それでずっとうずくまっているから、気味が悪くなって良平さんを呼んだんだ。観光客って感じでもなかったし。あんたたち、何しにこの土地に来たんだ？」

「ええと——どう言えばいいのか。まあ、捜し物っていうか。あの、変なこと訊くよーだが」

ホル・ホースは後頭部をがりがりと掻いてから、口元の棒を指先でつまんで、眉をひそめながら、

「最近、この辺でデッカイ鸚鵡を見かけなかったかね？」

と質問した。

「……？　なんだって？」

「だから、鳥の鸚鵡だよ——あのオウム返しに喋る鳥だよ。籠に入っているか、空を飛んでいるか、その辺も不明なんだが……この町にいるはずなんだがね、確かに」

3.

（——ん？　あれは……）

静かな寺町から駅前の繁華街に戻ってきていた花京院涼子は、コンビニエンス・ストアの前の駐車場で揉めている人々を見つけた。気弱そうな中年女性がひとり、ガラの悪そうな革ジャン姿のバイカー風の男たちに囲まれてしまっている。

「なあオバちゃんよォーッ――どう考えても悪いのはあんたの方だろうが。ああん？」

「うちのアニキの愛車に、あんたが傷を付けたんじゃねーか。それなりの詫びがあってもいいだろうって言ってるんだよ、こっちはァ――」

「で、でも私が車を停めたところに、あなたたちがバックしてきて――」

「んだとコラ！　テメーの不注意を棚に上げて逆ギレか！　出るトコ出るかオイ！」

「旦那の会社に押し掛けたっていいんだぜ、どーすんだオラ！」

「そ、そんな……」

女性はすっかりおろおろしてしまっている。周囲の通行人たちも見て見ぬ振りだ。

「………」

涼子は彼らの方をちら、と見て、それから手にした大判の本を開いて、その中身を改めて確認した。

「ふむ――なるほど……」

本をぱたん、と閉じると彼女は、革靴の足音を高らかに響かせながら、トラブルの最中に歩み寄っていって、

「その辺にしといたほうがいいんじゃないかしら？」

と男たちに向かって宣言した。

「あ？」

男たちは一斉に涼子の方を睨んできた。しかし彼女は冷静な顔のままで、

「細かいことに目くじら立てて、弱い者をねちねち苛めるのは、すっごく格好悪いことだと思うんですけど、お兄さんたち」

「ああ?」

「なんだテメーは? このババアの知り合いか?」

「いいえ。全然知らない人ですけど」

「だったらスッこんでろ! テメーもイジめるぞコラ! それとも乱暴にされるのが興奮するって変態なのか?」

「まさかテメー、噴上裕也んトコのスケのひとりじゃあねーだろーな?」

「かまって欲しかったらよォ——もっと可愛い格好しろってんだよ。変な前髪ぶらぶらさせやがって——」

男の一人がそう言ったところで、涼子はニヤリと笑って、

「今のってさ——私に言ったの?」

と奇妙なことを訊いた。あん? と男が眉をひそめたところで、彼女は親指を立てて、それを背後の方に向けて、そっちの方を一瞥もすることなく、さらに、

「それとも、あそこにいる〝彼〟に向かって言ったのかしら——〝変な髪だ〟って」

と言った。

指差されたのは、まさにそのとき、駅からの帰りがけに、偶然にその場所に通りがかった少年だった。

びくっ、とその身体が硬直する……そして振り向いたその表情は——異様なほどの集中と極端なまでの放棄が混在するその眼差しにあるのは、剝き出しの刃の如くただ殺気のみだった。

「おれの髪が——なんだって？」

東方仗助は、そのときにはもうキレていた。

*

「ああん？　なんだコイツ？　突然どうした？」

「おまえなんか呼んでねーんだよ。来るんじゃねえよ。あっち行きな、ガキが」

「イキがってると、その帽子だか髪だかわかんねーヤツを刈り上げっぞ、コラ！」

男たちが罵声を浴びせてくる中、東方仗助は無言で、彼らの方にすたすたと歩み寄ってきて、そして——次の瞬間、バイカー風の男のひとりが後方に吹っ飛んでいた。

仗助のスタンドが、その凶暴な拳で殴りつけていたのだった。

「え？」

と男の仲間たちが茫然とした一瞬後には、残りの彼らも全員、スタンドにぶん殴られて飛んでいた。

コンビニエンス・ストアの自動ドアが開く間もあらばこそ、ガラスを突き破って、店内にまで叩き込まれた。

続いて、停めてあったはずのバイクが勝手に動き出す。男たちめがけて、彼らの所に突っ込んでいく。

常人の眼には捉えられない凶暴なパワーが荒れ狂っていた。バイクはその持ち主たちの身体に喰い込んで、その骨を砕く。

「ぎゃあああああああーッ！」

絶叫が上がる中、仗助はゆっくりと店内に入っていく。

「おれの髪にケチつけて、ムカつかせたヤツは何モンだろーと許さねー……この髪が座布団みてーだと？」

「い？　そ、そんなこと、誰も言って……」

「確かに聞いたぞコラァ————ッ！」

仗助は男の顔をその革靴の底で容赦なく踏みつけた。

ひいっ、と周囲の者たちが思わず眼を閉じて、そして開けると——

「……あれ？」

皆、ぽかんと眼を丸くしてしまう。

確かに今、バキバキに割られたはずのコンビニのガラスが、綺麗に元に戻っていた。店内に散らばったはずの商品類も棚に並んでいる。

ただ——バイクが店内に転がっていて、その下に男たちが下敷きになっているのだけが変わっていない。

「え？　え？　……え？」

茫然としている人々の中、花京院涼子だけが落ち着いた口調で、

「ハタ迷惑な話ですよね——不良どもが勝手にケンカしあってて」

と言って、横にいる怯えた中年女性に向かって、優しい声で、

「面倒になるから、おばさんはもう行っちゃった方がいいですよ？」

「え？　で、でも——」

「だって、あいつらが付けてきた因縁——あれ、単なる嘘じゃないですか。バイクの後ろのナンバープレートが凹んだとか……ほら、なんともなってない」

と涼子が指差した先は——不良たちがイチャモンを付けていたはずの損傷が、バイクから綺麗に消えてしまっていた。

バイクは確かに、いったん吹っ飛ばされたときに大きく破壊されたはずなのに、今や新車同様にぴかぴかになっていた——なおってしまっていた。

ただ重量は当然変わっていないので、下敷きになっている三人の不良たちはまったく動けない。

だが男たちの怪我……その度合いもなんだか変わっている。骨折して、鼻を潰されて血が噴き出していたはずだったのだが、そこまでではないようだった。重いのでうんうん唸っているだけのようだった——なおってしまっていた。

「……え？」

「すごいケンカの迫力——まるでガラスが飛び散ったように見えましたけど、それは錯覚で、見たとおりにそれほどの被害は出ていないでしょう？　だから——あなたはもう、行った方がいいですよ。というかむしろ、いつまでもここに車を停めている方が、迷惑？　かも知れませんよ——」

涼子はまるで、前もって用意していた科白を喋るかのように、すらすらと話す。中年女性は少しぎょっとした顔になって、あわてて車に乗り込んで、この場から走り去っていった。

「さて——」

と涼子がコンビニの方に視線を戻すのと、自動ドアを通って東方仗助が外に出てきたのはほぼ同時だった。

「おい、そこの女子高生よォ——オメーも今、おれの髪のことを、どーこー言ってなかったか？」

仗助は冷たく凍りついていながら、燃え上がるような光を放っている異様な眼差しを向けてきた。

しかし涼子は、その眼を真っ向から受けとめつつ、言う。

「あのさ——どういうんだろうね？　それってさ、リーゼントじゃあないわよね？」

「——あん？」

「いわゆるツッパリスタンダードとしてのリーゼントってさ、もちろん盛り上げるのも重要なんだけど、連中ってさ、額（ひたい）の露出にも気を使ってんのよね。そり込み入れたりしてさ。でもあんたのソレってさ、額は全然出してないわよね？　それにシルエットも丸くてさ、前に尖らせた印象も薄いし」

涼子はしげしげと観察しながら、顎（あご）に手を当てて小さく、うんうん、とうなずく。

「もしかしてさ——それってレプリカントをイメージしてるのかな？　映画ブレードランナーのネクサス6型の一人に、それとよく似た髪型してたのがいたけど。未来なんだけどクラシックなイメージもあるっていう監督リドリー・スコットこだわりの——そういう髪型？」

指差しながら、妙に詳しい豆知識を披露しながら質問する。

「…………」

仗助は一方的にあれこれ言われて、少し強張（こわば）ったような顔をしていた。

褒められているのか、馬鹿にされているのか——そのどっちかという二者択一の選択肢の、その外側に位置する、微妙にずれた問いかけに迷っているようだった。

「あのさ――女子高生」

ややイラだったように言う。

「そーゆー風にマニアックなネーミング突然ならべて精神的に圧倒してくるのってよ、どーにも可愛げがねーと思うぜ。男にモテねーぞ、そんなんじゃ」

「それは違うわ」

「あ?」

「私はもう女子高生じゃない――この春に卒業したから。制服を着てるのは、お墓参りの帰りだからよ」

きっぱりと断言する。仗助はそんな凛々（りり）しい彼女をしばらく見つめ続けていたが、やがて、

「でもよォ――人の髪型がどうのこうのって言えねーんじゃあねーか、あんたも。その前髪はなんなんだ?　そいつも映画かなんかなのかよ?」

と問い返した。これに彼女は、ふん、とかるく鼻を鳴らしてから、

「これは〝花京院ヘアー〟よ」

と奇妙なことを言った。

4.

東方良平がボインゴを連れて交番に戻ってきたら、何やら騒ぎになっていた。

「どうかしたのか？」

「ああ東方さん、いいところに帰ってきた。実は駅前で交通事故があって、車が店舗に突っ込んだって通報が来たんですが――」

「なんだって？　今そこから帰ってきたばかりだぞ。入れ違いになったのか――」

「ただの事故ならいいんですが、どうやらその車、県警のお偉いさんの車らしくて――乗っていたのが警部みたいなんですよ」

「ううん、しかし、やむを得ない事故なら……」

「それがどうも精神錯乱が原因みたいで、なんとも困った感じで――とにかく現場に東方さんも行ってください」

「むう、仕方ないな――ボインゴくん、すまんが君は少しここで待っていてくれ。おい、彼にお茶でも出してやれ」

「ぼ、ぼくは……」

いいです、とボインゴが言おうとしたときには、もう東方良平は同僚の警官たちと共に外に出ていってしまっていた。

「…………」

ボインゴが困惑しながら立ちすくんでいると、一人だけ残っていた若い警官が、

「こっちへどうぞ」

と呼んでくれた。交番の隅にある椅子を示されて、そこに腰を下ろす。

「君は外国の人だね。観光客かな」

「あ、あの……その……」

知らない人間と話すのはいつでも苦手で、何を言っていいのかまったく見当もつかない。

「人見知りなんだね。まあいいけど。東方さんに世話してやるって言われたんだろう？　あの人、誰にでもそういうこと言うから。君もあれかい、あの人でないと話す気にならない、とかいうクチかい？」

若い警官はやけに饒舌（じょうぜつ）に語りかけてくる。ボインゴはますます困惑し、いっそう口が重くなる。

「え、えーと……」

「なんだい。なにか文句がありそうだね。言ってみろよ」

「い、いや——その」

なおも言い淀んでいると、警官はあきらめたように吐息をついて、くるり、と背を向けた。

それからごく小さな声で、

「何様のつもりだ……この仮頼谷(からいや)一樹(かずき)が話しかけてやってるのに……何様のつもりだ……」

とぶつぶつ言うのが確かに聞こえた。ボインゴは顔を上げて警官の背を見上げた。警官は何事もなかったかのように自分のデスクに戻って、何やら事務仕事を始めた。とりたてて不自然なところのない様子だ。

「………」

ボインゴはすっかり萎縮してしまって、無言で椅子の上で膝を抱えて座り込む。

時間だけが無為に過ぎていった。しかし手元にマンガがないボインゴは、どうせ何もすることがない。

何もできない――。

交番の中でふたりきり、ひたすらに無言の時間が流れていって、ボインゴがついうとうとしかけたところで、外から連絡が入った。会話の音にボインゴがびっくりして眼を開くと、若い警官が他の警官と通話している。

「――はいこちらは異常なしです。そっちはどうですか。平岡(ひらおか)警部の容態はどうなんですか。被害者の数は」

〝警部は頭を打っていて意識を失っているが、生命に別状はないようだ。他に巻き込まれた被害者もいない。不幸中の幸いだ〟

そう聞いたところで、若い警官の顔に少し変化が生じた。

微妙に歪んだ。

「……被害者はいない？　平岡警部も無事？」

〝ああ、間一髪だったかもな〟

安堵したような声に対して、若い警官は、

「——ちっ……」


と確かに舌打ちするのがボインゴの耳に届いた。

え、とつい彼の顔をまじまじと覗き込んでしまうが、次の瞬間には警官の表情におかしなところはない。

〝ん、なんだ？〟

「いや何でもないです。少しノイズが入ったみたいです。この後は？」

〝あ、ああ——後は署の連中に任せるから、我々はいったん戻る〟

「了解しました」

警官は通話を終えると、また何事もなかったかのように仕事に戻る。

「…………」

ボインゴは何も言えないまま、膝を抱えていることしかできない。

静寂の中、ふいに警官が、

「シィング、シィング、アルティメット・シィンガー――♪」

と小さな声で歌い出した。びくっ、となったが、妙に怖くてそっちの方を見るのはためらわれる。歌はほんの一節だけで、それ以上は何も言わなかった。

しばらく経って、他の警官たちが戻ってきた。東方良平はさっそくボインゴのところに来て、

「さて、君の話を聞こうか。君と連れの人がこの町にきた理由を教えてくれ」

と質問してきた。ボインゴは素直に答える。その捜し物が鸚鵡だと聞いて、良平はうなずき、

「そういう特殊な生き物なら、割と早く見つかるかもな。だが探すのはその探偵さんがやるとして、君はその間どうする予定だったんだ？」

「ぼ、ぼくは――ええと……」

「すまんが、君の荷物を見せてもらえないか」

「は、はい……」

ボインゴが差し出したバッグを、良平は開いた。するとその中に何かを書き込んだメモが入っていた。

「おお、これはホテルの住所と電話番号だな。君たちはここに泊まる予定だったんじゃないか」

「し、知らないけど――」

「ちょっと待ってろ」

良平は立ち上がって、交番の電話でどこかに掛け始めた。

「――チトお伺(うかが)いしたいんですが、そちらのホテルに予約されているお客さんの中に、ボインゴって名前はありませんかね――ああ、ありますか。いやその方が今、ここにいまして。はい、迷子になって。そっちにご案内してもよろしい？　――はいはい。では後ほど」

　電話を切ると、良平はボインゴの所に戻ってきて、

「とりあえず君の行き先は決まったから、あらためて君が落としたという物の話を詳しく聞いておこうか」

　と調書を取り出した。相手の不安を少しでも軽くしてから話を切り出すという、さりげない聴取のテクニックがあった。

　ボインゴがマンガ本の外観をたどたどしく、しかし詳しく説明する。

「……だ、だから表紙をめくると、その裏に、び、びっしりと模様が入っていて」

「それは何の模様？」

「よ、よくわからない。でもすごく細かくって……」

「で、その後はマンガの絵が入っている、と。それは印刷物じゃないんだな？　一品物で」

「と、とっても大事なもので……必要で……」

「わかった。拾得物として報告があるかどうか調べてみよう。とりあえず君はホテルに行った方がいい。そっちに相棒も先に来ているかも知れないしな」

良平は立ち上がって、ボインゴを促す。

「う、うん……」

「それじゃ少し出るから、その間を頼む」

「了解です」

良平たちが交番から出ていくと、残った警官たちはなんとなく互いの顔を見合わせた。

「スムースだなあ、相変わらず」

「俺、東方さんが揉めてるの見たことないですよ」

「いや、俺はあるよ。ほら、娘さんが酔っぱらいとケンカになったとき。相手の言い分を全然聞かなくて、すごい険悪になって」

「まあ、あの人も娘さんだけは特別だからなあ。そのせいで出世もできなかったんだし」

「え、どういうことですか」

「内緒だぞ。娘さんが学生時代に遥か年上の外国人との間に子供をつくっちまって、それでちょっと上の方から睨まれて——結婚してればまだ平気だったが、どうも不倫だったらしく」

「あーあ」

「そりゃ考査でやられちゃいますね」

「大手柄も立ててんだけどな、あの人――」

「あれでしょ、連続殺人鬼の片桐安十郎を逮捕したんでしょ？」

「でもアイツには悪い弁護士がついちまって、あのときは施設送りの軽い処分で終わっちまったんだ。その後でヤツはさらに犯行を繰り返したから、東方さんの功績もなんだか有耶無耶になっちまって――なんつーかな、ツキがないんだな、あの人は。悪い人じゃないんだが」

「一緒に仕事するには最高ですからね」

「それはおまえがミスしてもフォローしてもらえるからだろうが」

「あはは、痛いとこ突かれたなー」

　警官たちが喋っている間、その隅ではずっと無言で事務仕事を続けていた若い警官――仮頼谷一樹が、ふいにぽつりと、

「マンガ本――」

と呟いた。しかし話に夢中な同僚たちは誰一人として気づくことはなかった。

Dの参——“Dissonance（頓狂な音響）”

『本当だ……どうして誰もこれに気が付かなかったんだろう?』
『N・i・N・i——ふつうのヒトは自分たちがおかしいって事には、とっても鈍感なんだよ』

——岸辺露伴〈ピンクダークの少年〉

1.

『ハァーイ、あたしリョンリョン！

本当はリョーコだけど、まだちっちゃいから自分のことリョンリョンって呼んでるんだね——ッ！

みんなからは大人びているとか思われてるけど——

実際の気持ちは七歳の頃からずっと成長できていないんだね！

今でも心の中は、アコガレのおにいちゃんのことで一杯！』


……花京院涼子（かきょういんりょうこ）がマンガを手に入れてから一分ぐらい経った後で、新しいページが現れてきた。そこにはどうやら彼女のことを表現しているらしい、ちょっと気味が悪いキャラクターがはしゃぎ気味に描かれていた。


『リョンリョンが気になって気になって仕方がないこと……

それはズバリ、おにいちゃんが死んじゃった理由！

どうしてあんなに素晴らしい人が十七歳の若さで死ななければならなかったのか——

それをどうしても知りたいんだね！
子供の頃にエジプトで聞いた名前――DIO（ディオ）。
それがおにいちゃんの死に関係しているらしいことはもうわかってる……
それを知るために、その秘密にたどりつくためには、そう――』

彼女には、このマンガがいったい何なのか、その正体は見当もつかない。だがひとつだけ、もう彼女にも理解できたことがある……。

『リョンリョンが町を歩いていると……
大変だァーッ、アワれなおばさんが悪いヤツらにイジめられているぞ！
さあリョンリョン、不良どもに突撃取材だ！
何でそんなことしてるのかインタビューだ！
彼らの痛快コメント――髪型がヘン！
それについて通行人に意見を求めよう！
後ろを歩いている人に話を振ろう！
すると――
やったァーッ、不良どもはバイクの下敷きだァーッ！

もちろん話を振った通行人にはフォローを忘れずに！』

このマンガは彼女の願望を理解していて、屈折過多の描写ながらも、それに至る未来へと導くように内容が顕(あらわ)れてくる。そしてそこに浮かび上がった出来事は、その予知は絶対——百パーセントだということを。

＊

「花京院先輩は、どこに住んでんスか。やっぱ東京？」

「高校までは神奈川で、四月からは京都よ」

「はあ、どーりで。なんか都会っぽい感じがしたっスよ」

「どっちも結構な田舎(いなか)だけどね、実は」

「おれとか生まれてこのかた、ずっとこの町っスからね。なーんか他の土地に住むってのが全然イメージできねーっスよ」

「お気楽でいいわね。海外旅行とかはしたことないの？」

「あー、おれってば修学旅行すらサボってる口なんで。ほっとんど町の外には出ないっスねエ」

「じゃあエジプトとかにも行ったことないんだ。スタンド使いなのに」

「いやあ、その言葉も今日初めて聞いたくらいなんで」

「誰から？」

「ホル・ホースっスよ。先輩はあのオッサンとは知り合いじゃない？」

「会ってみたいわね、その人に是非」

さりげなく言いながら、涼子は語尾が震えないようにするのが大変だった。

全身がぶるぶると震え出しそうだった。

「あー、今どこだろうな～～ッ。なんかしばらくはこの辺にいるとは言ってたけどな～～ッ。捜し物があるとかで」

「鸚鵡でしょ、それって」

「あれ、なんでわかるんスか。それが先輩のスタンド能力ってやつ？」

「さあ、どうだろうね――」

しらばっくれてみせるが、もちろん彼女にそんなものはない。常人にも見えて触れる特殊なマンガを読んでいるだけであり、仗助がコンビニで暴れ回っていたときも、そのスタンドの姿などまったく見えなかった。

だから本当は、この東方仗助のことがとても恐ろしい。

すぐにキレる超能力者との会話など、剝き身のナイフを直に握っているようなもので、ちょっとしたはずみでばっくりと皮膚が裂け骨まで露出するような傷を負う――そういう気分だった。

だがコイツと話をしていないと、真実に辿り着くことはできない。それだけは絶対、百パーセントの事実だった。

『あっリョンリョン、あぶない！
今までのように仲間外れにされちゃうゾ！
君がホントは弱い子供だってバレちゃおしまいだ！
君のためを思って——とか、
知らない方がいいんだ——とか、
さんざん聞かされてきたセリフをまたまた聞かされることになる！
だからここは強気で——
さあリョンリョン、ヘンテコ頭のガキに一発キツいのをくれてやれ！
ヤローの頬に平手打ち、ケツにキックだ！
すると——
ピンポンピンポン！　第一ヒントの発見だァーッ！』

……どうやったらこの隙のない少年に平手打ちし、蹴りを入れられるのか見当もつかないが、しかしやるしかないのだ。

「ところで先輩、ここS市っつーのはやたらとカップルが多い場所だってこと知ってます?」

「なんのこと?」

「だってほら、この土地で一番グレートな有名人っつったらもう、かの独眼竜じゃないっスか。銅像まであるくらいだし。だからあの人の見守る中でふらふらしてる男女はみんなデートしてる訳っスよ——伊達政宗だけに」

「………」

「伊達ってローマ字だとDATEですよねぇ? 英語だったらデートだ! なんかこう、ちょっとしたロマンチックって感じ、しませんかね?」

仗助はとぼけたような顔をしている。涼子はふうっ、と吐息をついて、

「あんた……それを女の子にいつも言って回ってるでしょう」

と言うと、仗助は真顔で首を左右に振って、

「いやいやいや、おれってこー見えても純愛タイプっスからねェ〜〜〜ッ。こーやって女性と話しているだけで心臓バクバクもんなんスよォ〜〜〜ッ。いやマジで」

と軽い口調で言う。

「………」

なおも訝しげな顔をしている涼子に、仗助は、

「ところで先輩のその〝花京院ヘアー〟ってヤツですけど」

と彼女の頭を指差しながら質問する。

「それって先輩の憧れの人と同じなんだ、ってところまでは訊きましたけど——具体的にはどーゆー方なんスか？」

「あんたなんかとは比べものにならない、素晴らしいひとよ」

「でもフツー、憧れてるからって髪型まで真似しますかね？」

「私にとって永遠のヒーローなの。だから少しでも近づきたいの」

「ヒーロー。ふうむ。それはつまり、どうして？」

「生命を救ってもらったのよ——」

ぽろりとそう言ってしまってから、彼女ははっとなった。何を喋っているのか、こんな馬鹿そうな男を相手に、とてもとても大事なことを——。

「ずいぶんと大袈裟(おおげさ)ですねえ。マジっスか、それ？ なんか勘違いしてるとか？ 思いこみで一方的にそう感じてるだけで、向こうは全然なんとも思ってないとかゆーのもありそうっスよ、なんか。ええと、なんて言いましたっけ、その人——ノリマキ、とか？」

仗助がそこまで言ったところで、涼子は反射的に動いていた。

彼の頬を、思いっ切り平手打ちしていた。ばしっ、という鈍い音が通りに響いた。

「典明(のりあき)よ！」

気づいたら怒鳴っていた。

「あんたみたいなヤツが、軽々しくあのひとの名前を口にするんじゃあないッ！　あのひとは、あのひとは――」

声はどんどんかすれていって、最後は途切れてしまう。

「――」

殴られた仗助は、ちょっと頰に手を当てたが、すぐに、

「――いや、駄目でしょう」

と静かな声で言った。

「これじゃあ駄目っスよ、花京院先輩――」

え、と彼女が瞬きしたところで、仗助は突然、彼女の方に尻を向けてきて、

「マジでムカついたんなら、平手打ちくらいで済ましちゃ駄目っスよ！　さあ、怒りをありったけ込めて、おれのケツを蹴っ飛ばしてくださいッ！」

「――え？」

「さあさあ！　先輩の大事な人が馬鹿にされたんスよッ！　その憤りの限り、ありったけぶちかましてやれッ！」

仗助の声の勢いに押されて、涼子は思わず、

「う、うん！」

とうなずいて、仗助の臀部(でんぶ)に革靴の爪先を喰い込ませていた。

「――どうわあッ！　効いたぁ――グ、グレート……！」

仗助がもんどり打って倒れこむ。涼子はここでやっと、はっと我に返って、

「だ、大丈夫？」

「い、いやいやいや……確かに伝わりましたよ、先輩の怒りってヤツが――思いシリましたよ、尻だけに」

　つまらない駄洒落(だじゃれ)を言ってくる。涼子が反応に困ったところで、さらに仗助は、

「これで、少しは気持ちがほぐれましたかね？」

　と訊いてきた。

「……え？」

「墓参りの帰りだったからなのか、さっきのワルどもとのいざこざのせいなのか、その辺はわかんねーけど、先輩、ずっと顔がなんか強張(こわば)ってましたよ」

「…………」

「いや、でもマジで痺(しび)れましたよ、先輩の心意気ってヤツに。生命の恩人の、心のヒーローの髪型を真似ている――なんてグレートな理由なんだ。いやイケる。ちょっと借りていいっスかね？」

「……は？」

借りる？　なんのことだ？　と涼子が疑問に思ったとき、彼女は気づいた。

仗助の唇が、彼女が殴ったときの衝撃で切れて、血が流れ出していた。

「ああ――まあ、自業自得ってやつですか」

仗助はそう言って、指先で血を拭う。しかし傷は塞がらずに、そのままだ。

「仗助くん――あんた、自分のスタンドで自分の傷はなおせないの？」

そう訊いてみると、仗助はとぼけたような顔のまま、

「自分のスタンドで、自分の傷はなおせない」

と繰り返した。

2.

ホル・ホースが追いかけている鸚鵡の名前は〈ペット・サウンズ〉という名前で呼ばれている。

鸚鵡は長生きだ。二十年三十年と余裕で生きている。ペット・サウンズも十数歳にはなっているというが、正確なところはわからない。

元の飼い主が十年前に死んでいるからだ。

そいつはホル・ホースの同僚だった。同じようにＤＩＯに雇われて、ジョースター一行と戦

うことを命じられていた。しかしホル・ホースが実戦班だったのに対して、そいつは支援班の方だった。

　そいつは鳥の調教師で、色々な鳥にさまざまな芸を仕込むのが仕事だった——だがＤＩＯに取り込まれてからそいつがさせられていたのは、鳥を〝武器〟にする手伝いだった。

　ＤＩＯによって〝改造〟させられた鳥たちはスタンド能力を植えつけられて、ＤＩＯに敵対する者たちを殺戮(さつりく)するように調教された——その手伝いをさせられていたのだ。ＤＩＯは太陽の下には出られない。だから昼の間に鳥を訓練する者が必要だったのだ。

　隼(ハヤブサ)のペット・ショップと鸚鵡のペット・サウンズを調教していた途中で、そいつは怖くなって逃げ出した——しかし逃げられるものではなく、ＤＩＯによって始末されてしまったという。

　ペット・ショップの方はジョースター一行の一員、イギーによって倒されたが、出番のなかったペット・サウンズは、特別なところや危険性がいっさい見られなかったので、飼い主の家族の元に返された——若くして亡くなった息子の、せめて遺品くらいは欲しいという母親の要望に応じたのだった。

「ねえホル・ホース、あの子がいなくなってしまったんだよ」

　その母親がそう言って泣きついてきたのは一週間前のことだった。

「籠(かご)を開けっ放しにして、逃げちまったのか？」

「そんなんじゃないんだよ。あの子はとてもよく懐いていたから、逃げたりするはずがないんだよ」

「しかしなあ、しょせんは鳥だし――」

「だって籠ごとなくなっているんだよ。誰かが盗んだんだよ！」

「それを早く言えよ――他の物は何かなくなってなかったのか」

「あの子だけだよ。なんでだろう。そんなに珍しい品種って訳でもないし、ほとんど芸もできないのに」

「荒らされたりはしてなかったのか」

「別になんにも。部屋の鍵も掛かったままだったし」

「…………」

それを聞いて、ホル・ホースの表情が一瞬強張った。ふつうの泥棒なら、開けた鍵をまた閉めることなどできそうもない――ということは犯人は、

（スタンド使い――？）

ということになる。だがペット・サウンズには何の能力も発現していなかったはずであり、そんなものをわざわざ盗んでいく理由はいったい――。

「ホル・ホース、聞いてるのかい？」

「あ、ああ――で、おれにどうしろって言うんだよ？」

「だからあの子を探しておくれよ。あんたくらいしかアテにできないんだよ」

「スピードワゴン財団は今でも時々ここに来るんだろう？　連中に頼めよ」

「だから困るんだよ。あの人たちにバレたら、あの子取り上げられちゃうよ。今じゃあの子だけがあたしのたったひとりの家族なんだよ」

「鳥だから一羽だろう」

「とにかく、あんただけが頼りなんだよ——あの人たちに知られない内に、あの子をここに戻しておくれよ。あんたは世界一女に優しい男なんだろう？」

「——うーん……」

　ホル・ホースは言葉に詰まる。それを言われると弱い。もちろん相手は老婆なのだが、それでも女には違いない。多少の後ろめたさもある。それで彼は鸚鵡のペット・サウンズを探し始めたのである。

　カイロ市内に於ける足取りはすぐに判明した。籠には特徴があり、市街のいたるところで目撃証言が得られたからだ。だがその終点が空港になり、海外に流出してしまったことがはっきりした時点で、ホル・ホースはボインゴに協力を求めることを決断したのである。内緒に、とは言われたが、ボインゴも昔の仲間であり、そこに問題はなかろうと考えたのだ。案の定、ボインゴのマンガを使えばあっさりと鳥の居場所は日本のＭ県Ｓ市であると判明した。

（だが……チト雲行きがあやしくなってきやがったぜ——）

S市に到着した途端に、ボインゴとは離れ離れになり、謎の自動車事故に巻き込まれ、新しいスタンド使いと遭遇し、そして何よりも——

（あの——ＤＩＯの声……）

あれは幻聴だったのか？　ホル・ホースの魂に染みついてしまっているＤＩＯへの恐怖心が滲（にじ）み出てきただけだったのか？

（もしそうでないとすると——いったい何が起こっているんだ……？）

　ホル・ホースはS市の賑やかな、若者が多い街並みを歩きながら考えている。

　単なる泥棒が故買屋に売り払った鳥が流れ流れて外国まで来てしまった——というものでないとしたら、自分はいったい何に巻き込まれているというのだろうか。

（くそ、冗談じゃない——おれは鸚鵡を取り返すだけだからな。訳のわかんねー敵がいるとしたら、そいつとは絶対やり合わねーからな……！）

真実を追究する冒険家、などというものはホル・ホースのパーソナリティーから最も遠いものだ。彼の信条はとにかく、一番よりナンバー２——より強い者におもねって適当に生きる、というものだからだ。

悩んでいても埒（らち）はあかないので、ホル・ホースはとにかく駅員たちに教えてもらった交番へと向かっていた。

（とにかくトラブルだけはゴメンだ——一人で戦うなんて冗談じゃあねえ……絶対に嫌だぞ。

そもそもおれの能力なんて他と比べたら全然大したことねーんだし——）

信号が赤になり、横断歩道の前で待っていると、遠くで誰かがクラクションを鳴らした。それが銃声に聞こえて、ついホル・ホースはびくっ、と大きく身を屈めてしまう。周囲からくすくす笑いが聞こえてきた。

（ちっ——）

帽子の鍔を下ろして赤面した顔を隠す。臆病であることを恥じてはいない。だがそれが他人にバレることはやはり恥ずかしい。

「おまえは見た目だけだな、ホル・ホース」

かつて仲間に言われた言葉が脳裏に蘇る……。

＊

「タフガイぶっちゃあいるが、心の底に覚悟がねえ——やられたらやり返してやろうっていう信念に欠けてるんだよ」

「そうかいデーボ。確かにおれは戦う度にオメーみてーに傷だらけになったりしねーからな。一発で仕留めるだけだ」

そう言い返すと、殺し屋は、ひひっ、と引きつった笑い声を漏らし、

「誰かの後ろに隠れて——だろう？　今はＪ・ガイルのケツにくっついてるって訳だ」

「おれは確実な方を選択してるだけだ。オメーのような一匹狼は、万が一のときにフォローできるヤツがいねーじゃあねえか」

「おまえはどうせ、万が一のときは後ろを向いて逃げ出すだけだろう。とんだ〈皇帝〉だな?」

ひひっ、とまた笑う。ホル・ホースは少し顔をしかめて、

「どうなんだろうな――おれはまだ、その呼ばれ方に少し抵抗があるんだがな。いいのかよ。おまえは〈悪魔〉だろう?」

「なかなか気に入っているよ――」

殺し屋は傷だらけの顔を歪めて、ひひひひひっ、と痙攣(けいれん)するように笑う。

それは彼らがＤＩＯに雇われるときに付けられたスタンド能力の固有名称だった。それまでは別に名前など付けていなかった彼らの能力に、タロットカードにちなんだ名前を付けたのは幹部級のスタンド使いのエンヤ婆だった。

これはＤＩＯ様とジョースターどもの宿命の闘いであり、それに参加する者はすべて運命の導きに従っている――とかなんとか言われて、カードの束を引かされたのだ。しかしエンヤ婆は自分の能力を〈正義〉と名付けていたくらいだから、ほんとうに運命の導きなどがあったのかどうかは怪しいものではあったが。

「おまえのどこが〈皇帝〉なんだろうな、なあホル・ホース――いつだって誰かの後ろに隠れていて、永遠のナンバー2野郎であるおまえが」

「…………」

ホル・ホースは反論しなかった。それは自分でも感じていることだったからだ。タロットだったらせめて〈恋人〉になりたかったものだが、いったん決まってしまうともう変更は利かないらしかった。

〝これは運命じゃからな――正直わしも、なんでおまえが〈皇帝〉なのかはわからん。本来ならそれは、わしの息子にこそふさわしい称号なんじゃが――だが、さだめは変えられぬ。おまえは〈皇帝〉としてこの宿命の戦いに参加するしかないのじゃ〟

そう不満そうに言われたくらいである。

タロットカードに於ける〈皇帝〉とは、精神の欠落したはかない物質主義を顕わしているのだともいう――愛に生きていると常に広言しているホル・ホースとしてはこれも大いに不本意な話である。

「拳銃ひとつしか武装のない〈皇帝〉か。ずいぶんと貧弱な国の王様らしいな――」

「やかましい。王様にも色々あるんだよ。少なくともおれを崇拝する女たちには事欠かないからな」

強がりを言う。ここで殺し屋は暗い目つきになって、

「おれが一人でジョースターどもを全員仕留める――おまえらは引っ込んでいろ、いいな?」

と言った。ホル・ホースはふん、と鼻を鳴らして、

「なんで〈皇帝〉が〈悪魔〉に命令されなきゃあなんねーんだよ――」

と軽口を叩こうとしたが、殺し屋の眼差しがどこまでも本気であることがわかったので、肩をすくめて、

「まあ、先にやりたいっつーなら好きにしろよ。なにしろ〈皇帝〉は心が広くて寛容だからな。多少のワガママは許してやるよ――」

と言った。

＊

（だから一匹狼だと、フォローするヤツがいないって言っただろうデーボ――結局オメーはジョースターたちを止めるどころか、ポルナレフとの一対一の戦いで負けて、くたばっちまっただけだった――）

ホル・ホースはＳ駅前の交差点に立ちつくして、奥歯を噛み締めている。

わかっている。

心のどこかでは感じている――やられていった仲間たちは、たとえその目的が間違っていたとはいえ、雄々しく戦って散っていったのだ、と――それに比べて自分は……。

（……馬鹿馬鹿しい。なに考えてんだおれは――らしくねーぜ）

信号機が青になり、ホル・ホースは横断歩道を渡り始める。

その耳元で、突然なにかが囁いた。

〝——それで？〟

DIOの声に聞こえた——びくっ、と立ち停まりそうになるが、横断歩道の上であり、他の通行人も大勢いる中なので、そのまま歩いていくしかない。だが少し早足にはなり、渡りきったところで慌てて後ろを振り向いた。

だが当然のように、何もない。

昔のことを思い出していたから、それで記憶の声が実際に聞こえたような気がした——だけのことなのだろうか。

（くそ……どうなってやがる）

ホル・ホースは首を左右に振って、変な気分を振り払おうとした。

少しばかり迷ったが、すぐに目的地の交番は見つかった。もともと目立つように設置されている警察官詰め所なのだから、そんなに苦労するはずがなかった。

「あのう、ちょっとスイマセン——」

声を掛けながら中に入ると、

「おおう！」

という歓声と共に警察官がいっせいに彼の方を見る。

(な、なんだ――?)

面食らっている彼に、警官の一人が笑いながら、

「あんた、ホル・ホースか?」

と言ってきたので、さらに戸惑う。

「あ、ああ――そうだが」

「あんたの連れなら、さっきまでここにいたんだぜ」

「え?」

なんだか知らないが、話がもう通じているらしかった。

「え、えーと……じゃあボインゴのヤツは、今は」

「あんたの予約したホテルに、一足先に向かっているよ」

ホル・ホースはどうにも信じられなかった。あのボインゴが、いきなり訪れた外国で、自分のことをそんなに的確に説明できるとはとても思えない。煙にまかれたような気がした。しかし次に警官が言った言葉にはさらに驚いた。

「あんたらがなくしちまったマンガってのは、そんなに高価なものなのか?」

「……え? なくした?」

「そう言ってたぜ。それで困っていた、とかなんとか」

「………」

ホル・ホースは絶句してしまう。いったいどういうことなのか――と彼が眩暈(めまい)を感じた、そのときだった。また〝声〟が聞こえてきた。

〝それで――と言ったのは、おまえのことだよ、ホル・ホース〟

もはや疑う余地のない、紛れもないＤＩＯの声だった。

3.

〝おまえはいつ、わたしのためにやつらを倒しに行ってくれるのだ……？　ホル・ホース、わたしに忠誠を誓うと言っておいて、まったく闘いに行かないじゃあないか――情報連絡員なら誰でもできるぞ。二度も失敗して、逃げ帰ってきたな――〟

それはもうエンヤ婆も死んで、ジョースター一行はＤＩＯが潜伏していたエジプトに上陸し、カイロに迫りつつあった頃のことだった。ホル・ホースは他の仲間がやられたということをＤＩＯに報告しに行って、そう脅(おど)されたのだった。

〝今度こそジョースターどもを殺してきてくれよ、わたしのために——さもなくば、わたしがおまえを殺すぞ!〞

どこか遊んでいるような、気楽な口調でそう言われて、当時のホル・ホースは正直、カッとなった。ほんとうにDIOが強いのか、それを疑い、自分でも倒せるのではないか、とさえ感じた。そのときのDIOは彼に背中を向けており、隙だらけだった——そのように見えた。だから後ろからその頭部に銃を向けたのだ。ジョースターたち五人と一匹を相手に闘うよりも、DIO一人を片付けた方が早いのではないか、とも思った。DIOが所有している莫大な財宝も自分の物になる、という利益もある——そんな風に計算したつもりだったが、今ならわかる。

あのときの自分は、ただただDIOの圧迫から逃げたかっただけなのだ、と。もし失敗してDIOに殺されてしまっても、それはそれでもうかまわない——と心のどこかで思っていたのだ。

だがそのときは、彼が引き金を引こうとしたその瞬間に、DIOが目の前から突然に消えてしまって、背後に回られていた——超スピードとかトリックなどという次元を遥かに超えたDIOのスタンド〈世界〉に圧倒されて、もはや逆らう気力も根こそぎ尽きてしまったのだった——だが、今。

今――聞こえてくるこの声は――。

〝何をしているッ、早く行けよ……〟

ＤＩＯの声がはっきり耳元で囁かれている。場所は交番の中、目の前にいるのはふつうの警官である……それなのに、

（う、ううッ……？）

ホル・ホースの手の中に〈皇帝〉の拳銃が浮かび上がる。

その銃口を警官の頭部へ、ぴたり、と狙いをつける――。

（う、うううううッ――？）

いったい何をしているのか、自分でも訳がわからない。自分の身体が勝手に、十年前にとった行動をなぞって反復している――繰り返させられている。

その〝声〟が聞かされたときの動作を再現させられている――録音が再生されるように。

（ま、まさか――まさかこれが……）

ホル・ホースの疑念が、ここで確信に変わった。

これはペット・サウンズのスタンド攻撃なのだ。

あの鸚鵡は無害なフリを十年間し続けてきたが、その後ろにはこんな能力を隠し持っていた

のだ。そう……ないはずがないのだ。ＤＩＯが改造した生物兵器の一体なのだから、攻撃性がないはずがない。

直接的な破壊力はない――だがそいつが発する〝声〟を聞かされた者は、それがどんなに破滅的な行動であろうと、その〝声〟が生じたときの行為を繰り返さずにはいられなくなるのだった――。

（ううう――うううううッ！）

彼の手の中で、人差し指が確実に曲がっていく。引き金に掛かった指先に力が込められていく。

拳銃を突きつけられている警官の方は、そのスタンドが見えないので、ぽかん、としている。何が起こっているのか、まったく理解していない。

接近での暗殺こそ〈皇帝〉の独壇場――一瞬で相手の頭はコッパみじんになる。脳みそが床にブチまけられる――。

（うぐぐぐッ、ぐぐぐッ――）

意識では必死で逆らおうとする。だが身体はまったく言うことを聞かない。

当然、理性では理解している。こんなところで警官がいきなり射殺されたら、ホル・ホースはただではすまない。即座に逮捕されて、極刑が待っているだろう。仮に逃げられたとして、こんな勝手の分からぬ島国の中では行き場がない。おしまいだ。それはわかっている。わかっているのに——しかし、どうにもならない。

過去の現実の方ではとうとう発射されなかった銃撃が、十年後の今になって実行されようとしていた。

あと一声、あの後にさらにＤＩＯが言った〝本当にオレを撃とうとしているのか〟という宣告が聞こえれば、この動作もきっと停止するのだろう。だがその〝声〟だけはいつまで経っても聞こえてこない——明らかに操作されている。だからホル・ホースの中に、射撃を止めるなんの抵抗力もない。駄目だ。終わりだ——と彼の精神が観念しようとした、そのときだった。

ちらり、と視界の隅で何かが光った。緑色の光だった。それは警官の制服のボタンに反射した、表通りの信号機の光だった。赤から青に変わった瞬間、そのボタンがきらりと緑色に輝いたのだ。そのごくささやかな色彩が、ホル・ホースの脳裏でひとつのイメージとなってきらめいた……。

『エメラルド・スプラッシュ……！』

花京院典明の必殺技の輝き——過去に一度だけ目撃したそれは、敵に向けられたものではなかった。激昂して無謀な突撃をしようとした味方に向けて撃ったものだった——冷静にして非情、だがその根底には確固たる信念と味方に対する愛情がこもったその一撃は、そのときの戦いの大勢を決した。いったん逃れた彼らは態勢を立て直し、逆に勝利を焦って深追いしてしまったこちらを迎撃することに成功——ホル・ホースとJ・ガイルは敗れ去ったのだった。

緑色の輝き——それがまた、ホル・ホースの固定された感覚を吹っ飛ばした。

そのイメージが脳裏に射し込んできた瞬間、ホル・ホースの全身を支配していた衝動は、ぱっ、と綺麗さっぱり拭い取られていた。

「——なんだ？」

警官が不思議そうな顔で、ホル・ホースを見つめ返している。

この間、十秒と経っていない……ごくわずかな間に生命拾いしたことなど、彼は想像もしていない。

「い、いや……なんでもない」

ホル・ホースは帽子の鍔に手を伸ばして、ちょいちょい、といじった。

なんてことだ——間一髪だった。自分でも思いもよらないイメージがふいに浮かんだから助かったが、しかしこの手はおそらく二度は通じまい。ホル・ホースが意識していなかったから、今の妨害は通用したのだから。

（このままだとヤバイぜ……おれはスタンド攻撃されている！）

一刻も早くここからズラからねば——彼は後ずさりして、

「そういうことなら、おれもホテルに向かってみますよ——どうもアリガトさん。それじゃあッ！」

きびすを返して、その場から走り去った。警官たちは訝しげな顔になっている。

「なんだ、あの男——すこしヘンだったな」

「なんでカウボーイの格好してんだろう。まあ、あれだけ目立つんだから、犯罪者じゃあなさそうだがな」

警官たちが話し合っているその後ろで、誰にも聞こえないほどのかすかな声で、

「ちっ——」

という舌打ちが再び響いた。

（だが——まだだッ。こんなものじゃあないぞッ。これで終わりと思うなッ……邪魔するヤツは一人残らず皆殺しだッ——ペット・サウンズの恐ろしさを思い知らせてやるッ……！）

4.

「そういやあ、先輩に蹴られたショックで思い出しましたが、ホル・ホースは交番に行ったはずですよ」

「交番？」

「なんでも迷子になった連れの人がケーサツに保護されているとかで」

「連れの人、って――」

「マンガをいっつも抱えている子供みたいなヤツだそうっス。なんスかね、スタンド使いって
みんな変人なんスかねえ〜〜ッ」

「マンガ――」

花京院涼子の顔色が、少しだけ青ざめる。バッグを摑んでいる手に力がこもる。その中に入
っている物を隠すように。

「へ、へえ――そうなの」

涼子があいまいな表情でうなずいたところで、彼女の耳にそれが聞こえた。

心にこびりついている音。大きな鳥が羽ばたく音が。

はっ、となって空を見上げて、音源を探す。しかし視界には何も捉えられず、ただ曇り空が
広がっているだけである。

「なんスか？　雨でも降ってきた？」

と仗助が聞いたときに、町に異変が生じた。

「――きゃあああああッ！」

という甲高い悲鳴が通りの向こうから響いてきた。

「あ？」

仗助が声の方を振り向くと、通行人たちがもんどり打って逃げ出してくるのが見えた。

「――ム!」

仗助の表情が鋭くなり、次の瞬間には走り出している。考える前に動いている。

表通りに出た仗助の前に現れたのは、包丁を振り回している女性たちの姿だった。

その刃物に切り裂かれて、血を流している人たちがひいひい言いながら四つん這いで逃げている。

凶器を持った彼女たちの眼は皆うつろで、ぶつぶつと何事かを呟いている――。

「――DIO様……私の生命を、あなたに捧げます……」

「私たちの生き血を……」

「みんなの生き血を……」

「あなたの糧として捧げます……」

彼女たちは白衣に身を包んでいて、女医のようにも見えるが、帽子が違う――彼女たちは通りに出店しているケーキ屋のパティシエールたちだった。だが普段の客商売のにこやかな笑顔などどこにもなく、得体の知れない陶酔に支配されていた。血に酔っていた。

明らかに、異様な何かに取り憑かれてしまっていた。

「グレート――だな」

仗助の下唇が、少しだけ内側に吸いこまれた。

見えたのだった。

通りの向こう側で、一人の男が他の犠牲者たちとは程度の異なる被害を受けて、横たわっているのが。背中に深々と刃物を三本も突き立てられて、倒れるときに打ちつけたと思しき頭部からは噴き出すように流血している。その出血は目立つテンガロン・ハットを真っ赤に染め上げていた。

ホル・ホースがやられていた。

＊

（ぐ、ぐぐっ——）

ホル・ホースの視界がぼやけている。焦点が合いそうになっては再び霞んでいくことを繰り返す。

（く、くそ——迂闊だった……）

いきなり前から斬りかかられたのをかわしたまでは良かったが、その後ろから三人に一斉に刺されたのだった。

（まさか複数の人間を同時に〝声〟で操れるとは——くそ、敵を甘く見ていた……）

背中の傷は深く、しかも頭を路肩に打ちつけてしまったために全身が痺れて動かない。このまま気絶したら、おそらく二度と目覚めず死ぬだけだろう。

（う、ううっ……）

呼吸もままならない。息を吸い込むことも吐くこともうまくできない。身体の色々な機能が麻痺していた。

そのピントの合わない視界の中で、彼の方に接近してこようとしている人影がおぼろに見える。そんな状態でもはっきりそれとわかってしまう、特徴のありすぎるシルエットは……

（じょ、仗助……？）

＊

「そこのおねーさんたち――なんか熱い視線をおれに向けてくるけどよォ――ッ……そんなに気になる？」

仗助は適当なことを言いながら、凶器を振り回している女性たちに近づいていく。

「このグレートな髪が、どうしても気になって仕方ないよーだが……由来とか知りたい？」

喋りながらも足を停めず、前進し続けている。

「そう――あれは十年前のことだった。おれは急に高熱を出して死にかけていた。おふくろが車に乗せて病院に連れていこうとしたんだが――ツイてないことにその日は大雪だった。それで車が動かなくなっちまって、おれが大ピンチになったときに、ヒーローが現れたんだ。その人はおれを助けて、バイクに乗せて病院に運んでくれた――いや」

ここまで言って、仗助は少し眉をひそめた。

「いや、ちょっと無理があるな——熱が出てんのにバイクはねーな——ちょっと待って。今のなし。バイクじゃねー。でも車は動けねーんだったな——えーと」

自分で話し始めたのに、途中で考え出した。

「まあとにかく、そのヒーローさんがこの髪型だったんで、おれも彼を見習って同じにしている——て感じでOK？　どお？　この由来？」

仗助がふざけた調子で話している途中で、操られた女性たちは動いていた。

包丁を振りかざして、四方八方から仗助にいっせいに襲いかかっていく。彼女たちの精神は、かつてDIOに〝食料〟とされてしまった女たちと同じ精神状態にさせられてしまっている——彼女たちに掛けられたのは、

〝おまえの生命をわたしにくれるか？〟

というDIOの囁きだった。それだけで彼女たちのすべての自我は吹っ飛び、善悪の区別のつかない人形に変えられてしまったのだった。スタンド使いでない彼女たちには抵抗するすべはまったく存在せず、なりふり構わず接近する者たちをすべて血の流れ出す肉塊に変えずにはいられない存在にさせられてしまったのだった。

ひとつの標的を大勢で襲うとき、通常ならば最も困難なのが同士討ちの回避である。勢いよく攻め込もうとすればするほど味方が繰り出した攻撃を受けてしまう危険がある。だが今——それをまったく考慮することなく、いくら自分たち同士で刺し合うことになろうが一切おかま

いなしで、彼女たちは突撃してくる。躊躇はない。仗助は前にも後ろにも左右にもどこにも逃げることができずに、彼女たちの襲撃を真っ向から受けるしかない。

＊

（あ——）

薄れゆく視界の中で、ホル・ホースにも仗助が襲われる様子が見えた。

そして次の瞬間、そこに竜巻が生じた。それは常人には見えない嵐、スタンド使いにしか感じ取れない凶暴な渦——仗助の中に潜んでいる限界までぎりぎりと引き絞られた弓弦のようなパワーが回転しながら噴出した。それが上げる雄叫びが沸騰して周囲の空間を圧する。

『——どららららららららららららああああああああああああああ〜〜〜〜ッ！』

仗助自身が炸裂した爆弾であるかのように、彼に接近していた者たちはすべて弾き返されて、吹っ飛ばされていた。

彼女たちの身体は空中を移動し、そしてそのまま通りに面した店舗のガラス窓を叩き割って中に叩き込まれる。

逃げまどっていた町の人たちが振り返ったその瞬間、仗助は両手を大きく広げて、ぱん——

と打ち鳴らした。まるで百人が一斉に手拍子をしたような大きな音だった。

びくっ、と皆が彼の方を見る。そこで仗助は息を大きく吸ってから、

「ハアイお集まりの皆々様方ァ——以上がホル・ホースと愉快な仲間たちによる街角パフォーマンスでしたァ！　どうですこの迫力、このリアリティ——これで東京に出て一旗揚げよーって考えてんスけど——どースか？」

と大声で演説するように言った。口から出任せが驚くほどに自然にすらすら出てくる。

皆は一瞬茫然として、次に唖然とする。

彼らが目を戻したときには、女性たちが叩き込まれたはずのガラス窓はすべて元に戻っており、しかもそれは彼女たちの勤め先のケーキ屋のウィンドウだったのだ。中で彼女たちが、ううん、と頭を振りながら立ち上がっていく。いったんブチのめされて意識が飛んでいた彼女たちから、ＤＩＯの呪縛は消えてしまっていた。

そして、彼女たちに斬りつけられたはずの犠牲者たちも——その傷も、もうどこにもなかった。裂かれたはずの服まで元に戻っている。

「え——」

「え——？」

「ええ——？」

「えええ——？」

通り中の人間たちが口をあんぐりと開けて放心している中、仗助は倒れているホル・ホースの元に駆け寄って、乱暴にその横っ腹を蹴飛ばして、

「ズラかるぞ。どーもスタンド使いってのは、あんまし目立たねー方がいいよーだしな」

と言った。ホル・ホースが呻きながら、

「む、無理だ——立てねえ」

と言ったときには、もう仗助はその首根っこを掴んで引き起こしながら、

「もう立てる——なおってる」

と素っ気なく言った。ホル・ホースがはっと気づいたときには、彼の背中に刺さっていたはずのナイフは三本とも地面に落ちていて、しかもぐにゃぐにゃに曲がっていた。もう刃先がどこにあるのかさえわからないほどに、凶器である性質を失っていた。

「い——?」

痛みもすっかり消えていて、呼吸も正常に回復している。

「こ、こいつは——」

「いいから逃げるんだよッ。警察が来ると色々とメンドーなんだよッ、おれはッ」

仗助はホル・ホースを半ば引きずるようにして、その場からさっさと消え失せた。

「…………」

「…………」

後には口を丸く開けたままの人々だけが残された。

＊

「——仗助くん？」

追いかけてきた花京院涼子が到着したときには、もう事態は跡形もなく片付いた後だった。通り中の人たちが立ちつくしているのを見て、涼子は少し動揺し、混乱したが、すぐに抱えたバッグを開いて、その中からマンガを取り出した。

そこには新しいページが既に浮かんでおり、このように書かれていた——。

『いよいよ真実が近づいて来ているゾ！
でもリョンリョン、ここで焦っちゃダメ！
すぐに詰め寄っても、シラを切られるだけ！
遠回りこそ最短の近道なのさ！
ここは視点を変えて、別のものを探そう！
導火線を探そう！
ぱちぱちと火がつく、危ない線を探そう。
そいつにしゅぱっと一発、点火だァ——ッ。

すると……

どどん！

お城が燃えて、町が燃えて、みんなが泣き叫ぶ中で……

リョンリョンはとうとう真実に到達するよォ――ッ！』

Dの四——“Descent on”（強硬な強襲）

『駄目だよこりゃ。いくらなんでもやっちゃいけないことだよ』

『その拒絶が君の心からのものなら問題ないけど――単に迷ってるのをゴマカシてるんなら、口を閉じとけよな、ＮｉＮｉ』

――岸辺露伴〈ピンクダークの少年〉

1.

ボインゴの〝予知のマンガ〟はかつて〈トト神〉と呼ばれていたことがある。ホル・ホースの〈皇帝〉同様に対ジョースター戦隊メンバーとして付けられた名称だ。付けたのはDIOの執事だったテレンス・トレント・ダービーで、彼は自分のスタンドには〈アトゥム神〉と名付けていた。〝エジプト九栄神〟と呼ばれる、タロットカードの起源のひとつである神話の神々の名前を流用しているのは、むろんテレンスのエンヤ婆に対する当てつけである。

両者はDIOの腹心としてどちらが上の立場か、つねに争っていた。DIOが世界中から集めたスタンド使いをそれぞれ、自分の配下としてカテゴリーに入れたのだ。

だがエンヤ婆が占い師であったことからタロットを選択したのに対し、テレンスの方は少し異なっていた。彼は自分でその名前を見つけたのではなく、先にボインゴのマンガ本が存在していたのである。

「その本はなんていう名前なんだ？」

「…………」

「表紙の『オインゴ・ボインゴ兄弟・大冒険』というのが題なのか？　だが最初に見たときは『ボインゴと愉快な生活』と書いてあったよな。内容の変化に合わせて題も変わるみたいだ。

じゃあ通しての呼び方は何だ？　ただ『マンガ』なのか？」

テレンスの質問に、ボインゴはしばらく反応しなかったが、やがてぽつりと、

「……ト、トト……」

と呟いた。

「え？　なんだって？」

「……そ、そんな気がしてる……なんとなく、トト――って」

「ふうむ――どこかで聞いた名だな。確かエジプトの創世神話に出てくる名前じゃなかったか。神々の書記、みたいな存在で」

「と、とにかく、ト、トト、ト――って、時々マンガが囁いてくる、みたいな……」

「なるほどなるほど、トトか。なかなかいいじゃないか。君がその〈トト神〉なら、私は究極創造主の〈アトゥム神〉ということにするか。あとの連中にはそれっぽい名前をあてがえばいいし――あいつは〈オシリス神〉だな。〈セト神〉というのもあったな――」

ひとりでニヤニヤ笑いながら呟き続ける。その様子をボインゴは暗い目つきで見上げながら、マンガを胸に抱きしめていた。

＊

そして――十年後の今、ボインゴは自分の膝を抱きかかえるようにしてうずくまっている。

マンガはその手の中にはない。
しかし——静寂の中に佇んでいると、どこからともなく囁きが聞こえてくる気がする。

〝と、とと、とと、と——〟


自分はまだ、あのマンガと関係が切れてしまった訳ではない、それが奇妙な実感として胸の奥に沈んでいる。

ボインゴは時折、考えることがある。

ＤＩＯたちは、ボインゴのマンガを彼のスタンド能力だと見なしていたが、果たしてそれは正しいのだろうか、と。

もしかすると本当に、この世に〈トト神〉というものが存在していて、それが彼に命じて、あのマンガを管理する役割を与えているに過ぎないのではないか……そんな気がしてならないのだ。個人の才能などというものではない、ただの管理人として。

あのマンガは、彼が物心ついた頃から持っていた。親が買い与えたものでも、誰かがくれたものでもない。そもそも親は彼がその本を持っているのを見て、すぐに別の人間に売り飛ばしてしまった。

だが翌日には、なぜか本はふたたび彼の枕元に置かれていた。そして本を売ったはずの相手は行方不明になってしまった。そういうことが何回か繰り返された。ボインゴが兄と一緒に家出してからは、本がこれほど長く彼の手元から離れたことはない。

今、あのマンガを誰が持っているのかわからないが――ひとつ確信がある。

まだマンガ本の所有者はボインゴであり、誰が本の予知を利用していようと、それは単に一時的なものに過ぎないのだ、と。

そう……〈トト神〉がそいつを導いて、いずれボインゴのところにマンガ本を戻すようにしているのだろう――だがなんのために？

（……ま、マンガに最後に出てきた文章――）

ＤＩＯの手下から卒業――あれはどういうことなのか。

そもそもＤＩＯはとっくに死んでいるし、その部下だったのも十年前の話に過ぎない。遠い過去のことだ。

それなのに、まだ――ボインゴの心はＤＩＯに支配されたままなのか。

（ＤＩＯ様――）

その名を思い返すだけで、背骨に氷を詰められた気分になる。全身が痺れて、冷たくなって、身動きがとれなくなりそうな――そんな気がしてならない。

（もしかすると――）

彼ではない〈トト神〉の方もそんな風に感じているのかも知れない。これは〈トト神〉がＤ

IOの呪縛から逃れようとして、そのために生じている事態なのではないか。

(で、でも——もしそうなら……)

そうだとしたら、今……マンガ本を持たせられている人物は、ボインゴの代わりに対決させられることになってしまうのではないか。DIOという邪悪なる運命と——。

「………」

ボインゴの身体は、ずっとがたがた震えっぱなしである。

東方良平に案内してもらったこのホテルの一室から外に出るなど考えられない。ひたすらに閉じこもっていることしかできない。

ホル・ホースはまだ来ない。

ここで待っていれば、いずれは来るはずなのだが、しかしマンガの予知の導きがないボインゴには、それも信じることはできない。ホル・ホースは今頃とっくに死んでいるのではないか、そんな気がしてならない。

しかし、だからといって自分から探しに行くこともできない。

「……ううう……」

彼は部屋の片隅でうずくまっている。その様子は幼い子供の頃、兄に「このままじゃ駄目だ。外に出ないとマズいぜ、行こう!」と連れ出されたときから、まったく成長できていない姿だった。

2.

「あのよォ――仗助」

「なんスか、ホル・ホース」

男と少年は、三メートルほどの距離を挟んで立っている。背中合わせで、周囲に死角を作らないようにしている。

「オメーさっき、髪型の由来がどうとか言ってたが――」

「そうだっけ？」

「その前には、たしかカッコイイことに理由はいらない、と言ってたよな」

「そうだっけ？」

「とぼけんじゃあねーよッ。言ってたよッ。なんでほんの少しの間に、言うことがコロコロ変わってんだよッ」

「あのさァ、ホル・ホース――あんた愛の戦士なんだろ？　細けーことにちまちまこだわってると女に嫌われんじゃあねーの？」

「うっ、なんか知らんがスゲー効果的な反論のよーな気がする……つーか誰が愛の戦士だよッ。それを言うならおれは愛の伝道師だよッ」

「どっちだっていーでしょーが、それこそ」

「こと愛に関しちゃおれは戦わねーんだよ。みんなに広めて回るだけで、他人の恋人を無理矢理奪ったりとか、女を殴ったりとか絶対にしねーんだよ」

「殴られる方?」

「マゾじゃあねーっつーの。そもそもそんな風にモメる前に女と自然に別れておくのが恋のテクニックってもんなんだよ」

「なーんか言うことが一々ダセエんだよな、あんたは。恋とか真顔で言うかフツー。恥ずかしくねーの?」

「オメーにだけは言われたくねーよッ」

二人が立っているのは駅前から少し離れた公園である。他の人はほとんどおらず、閑散としていて広い。

「しっかし……なかなか来ねーな」

「来ねーっスね」

「さっきは間違いなく、おれを襲ってきていたんだが……」

二人は今、あえて敵の襲来を待っているのだった。

「単に巻き込まれただけ、って可能性は本当にねーの?」

「それは絶対にないが、犯人の正体と目的がどうもハッキリしねーのは確かだな——ペット・

サウンズを盗んだヤツと、ここで襲撃してきたヤツがいまいち一致しない……エジプトではあんなに見事に、目立たないように行動していたのに、どうしてこの町に来た途端に見境なく襲ってくるようになったんだ？」

「なんかよくわかんねーけどよォ――あんまし外からこの町にトラブルを持ちこまねーでもらいたいもんだな」

「そいつは悪いと思っているが、しかしおれが来なかったら、この町にずっと潜んでいたかも知れないぞ」

「なるほどォ――そーゆー見方もありますか」

「とにかくここはオメーが頼りだぜ仗助――そのグレートな能力で敵をブチのめしてくれ。囮役は引き受けたからよォ――ッ」

今、ホル・ホースはすっかり気が大きくなっている。一人だとすぐに逃げ出す彼だが、才能を見込んだ人間が近くにいるときは、まるで別人のように堂々とした男になれるのだ。

（ボインゴの方は今、マンガが手元にないという――だとしたらアイツは無力だ。合流しても意味はないし、かえって足手まといになる。ここはこのまま仗助に寄り掛かった方が確実だ）

そういう計算をしていた。いったん決断すると、もうホル・ホースは迷わない。

そんな彼の性格を知ってか知らずか、仗助はどこか呑気な調子で、

「あんたのご自慢の〝拳銃〟でよォ〜〜ッ、その鸚鵡とやらをビシッ、と撃ち抜きゃいいんじ

ゃあねーの？」

と訊いてきた。これにホル・ホースは首を横に振り、

「いや――できるならば生け捕りにしてーんだよ、あくまで」

「へえ、どうして？」

「十年間、家族同然に鳥を飼ってた婆さんに、返してやるって約束しちまってるんだよ、おれは」

真顔で言った。本心だった。危険な存在であることはもうわかっているが、だからといって約束まで反故(ほご)にしていいとは思えないのだった。

「ふーむ。じゃあ鸚鵡は無傷で？」

「まあ、多少は痛めつけてもいいだろ」

「その辺はアバウトなんスねえ～～ッ。でも、操っているヤツって姿を見せますかね？」

「とりあえず、現時点で判明していることは――」


その①……攻撃手段は〝声〟で、聞かされた者は過去に起こった出来事を反復させられる。

その②……有効射程は〝声〟が聞き取れる範囲と推定。同じ店で働いていたパティシエールたち全員に影響があったが、それ以外の通行人や店の客には聞こえていなかった模様。

その③……〝声〟を再生できるのは一回限りらしい。そうでなければ同じように町中の人間

たちを洗脳して襲わせることが可能だったはず。

その④……攻撃のバリエーションは極めて豊富で、鸚鵡が記憶している限りの〝声〟を再生できるようだ。そのストックは最低でも十年前のことから始まっている。

その⑤……鸚鵡自体には敵意はない。でなければ十年間もおとなしくふつうに生活していなかったろう。能力を引き出すためのなんらかの〝引き金〟があると思われる。


「——と、こんなところかな」

「いや、そんな風に並べられても正直、頭に入ってこないっスよ」

「まあその辺はおれが理解していればいいんで、オメーはその鋭い反射神経と素早いスタンドパワーで来たヤツを迎撃すればいいだけだよ」

「ふーん……」

仗助は少し唇を尖らせてから、ふと、

「ねえホル・ホース——あんたっていっつもこんな風に危険なことに首つっこんでんの？」

と訊いた。ホル・ホースは胸を張って、

「いつもって訳じゃないが。最近はご無沙汰だったが——でも慣れてるのは確かだぜ」

そう答えると、仗助はその自慢げな態度には何の反応もせず、

「じゃあ、花京院先輩はこいつに近づけねー方がいいかもな……」

と呟いた。

「ん？　なんか言ったか？」

「いや別に。こっちの話。つーか思ったんだけどよ、その敵の〝声〟って、こっちが大きな音を出して聞こえないよーにする、ってのはどお？」

「どーかな――なにしろスタンド能力の〝声〟だからな。そういう妨害は突破している気がするな。建物の壁とかも貫通して響いているんじゃあないのか――車の中にいたヤツにも届いていたし」

「いやあ、自分で大声で歌っていたら術に掛かんねーかな、とか考えたんだけどね〜〜ッ」

「歌ねえ」

「あんたってどんな音楽が好みなんスか、ホル・ホース」

「おれの心の友、マイ・フェイバリット・ソングはなんといってもエディット・ピアフの『愛の讃歌』だよ」

「ああ、あのガラガラ声の。もォなむーる、って声震わせすぎじゃねーの、ってヤツだな」

「バッカ、あれが最高なんじゃねーか――って、おまえよく知ってるな。結構古い歌なのに」

「いや、別に悪い曲だとは思わねーっスよ。一途(いちず)な心情がびしびし伝わってくるし。ただ、ちょっとおれみてーなのにはヘビー過ぎるかな、ってコトで」

「じゃあオメーはどんなのが好きなんだよ？」

「あー、その質問はビミョーにややこしいな」

「何がややこしいんだ？」

「おれの好きなヤツって、一九九九年現在、名前がねーんスよ」

「……は？」

「いやあ、何年か前に突然〝オレをこれからは名前で呼ぶな。シンボルマークで表記しろ〟とか言い出して。ジ・アーティストとか訳のわかんねー呼び名になってて。仕方ねーからおれはネルソン氏って言ってますけど」

「誰だそれ」

「姓ですよ。困ったことにそいつ、芸名が本名なんスよ。だからまあ、名で呼べないなら姓で呼ぼうかな、ってコトで」

「なに言ってんの、おまえ」

「いやあまったくその通りっスよね〜〜ッ。なに考えてんでしょーねェ〜〜ッ。なんかレコード会社とモメてるから商標権がどうのって理由らしいんスけどねェ〜〜ッ。曲聞いてるだけのファンにはカンケーねーよ、って感じっスよねえ〜〜ッ」

「いや、そうじゃなくて――」

ホル・ホースは訳がわからなくなってきて、自分の頭が悪いのか、と思いかけて、しかしやっぱり、

「……なんかオメーって、他人とあんまり趣味とか共有したがらないタイプ？　いったん嫌われたヤツにはとことん根に持たれることが多い、とか」

そんな気がした。仗助の話し方には、どこか他人にわかってもらおうとしていないところがある。

「どーなんでしょーね～～ッ。まー、そーかも知んないけどよォ～～ッ。ま、どーでもいっか、って感じっスよ。とにかく魂にビビッと迫ってくるもんが好き、ってだけで」

「ああ、そいつは少しわかるな――」

「でしょ？」

ふたりが呑気ともとれるような会話を展開していた、その途中で――だった。

公園から見上げる空の片隅に、ちら、と黒い影がよぎった。

かなり大きめの、頭のふくらんだ鳥のシルエットだった。

3.

「――む？」

東方良平は交番に帰る途上で、ざわざわと騒がしいところに通りかかった。

「なんです、何かありましたか」

通行人にそう訊くと、どこか狐につままれたような顔をしている男は、

「い、いや――女の子たちが暴れ回って、刃物振り回して、外国人が刺されて、みんな血塗れで、逃げ回ってて――でも、全部なくなっちまって」

と要領を得ないことを言う。良平は周囲を見回したが、そんな通り魔が出たような痕跡はどこにも見当たらない。

「誰か怪我人が？」

「いや、だからみんな普通になっていて――なおったのかな、あれって？」

首をひねっているばかりである。良平は他の人にも目を向けたが、皆同じような表情である。

「やっぱりパフォーマンスだったのかしら……変な髪型してたし」

婦人がぽつり、と呟いた言葉に、良平はぎょっとした顔になり、

「変な髪型、って……もしかしてケッタイなガクラン風の服を着たヤツが？」

「ええ、そうです。物腰が柔らかくて変に丁寧で、達者な口調であれこれ喋っていて、芸人さんだったのかも――」

「ぬう――」

良平はみるみる渋い顔になった。

＊

空からは、遠くでヘリコプターが飛んでいる音がかすかに聞こえてくる。

「…………」

「…………」

ホル・ホースと仗助は、油断なく周囲に鋭い視線を向けている。

さっき、一瞬だが鸚鵡が飛んでいるような影がよぎった——視界からはすぐに消えてしまったが、敵が迫ってきているのは確かなようだ。

(攻撃してくるとして、どのように攻めてくる……?)

ホル・ホースの手の中は、すでに常人には見えない拳銃が浮かび上がっている。握りしめた手が、わずかに震え始めている。

(おれたち自身に〝音〟を浴びせてくるか——それともさっきのように、他の人間に仕掛けてくるか……)

どちらにしても、すぐに反応できるだろう。彼らに仕掛けてきたら、その作用が深刻になる前に反撃すればいいし、他人が襲ってきても仗助が無力化できることはさっきの戦いで証明済みだ。

(おれたち一人ずつだと危ないが、二人のチームなら対応できる——問題ない)

むしろホル・ホースは鸚鵡自体よりも、誰かが接近してくることに注意を集中している。ペット・サウンズを操っているヤツは、どこかから彼らを見ているはずだった。そいつを倒せばすべて解決する――。

（鳥は仗助に任せて、おれはそいつの狙撃に徹するぜ――それが最も効率的ってもんだ）

怪しい囁き声が聞こえてこないか、常に神経を尖らせようとするのだが、ヘリコプターの騒音しか聞こえない。

（なんだよ、うるせーな……肝心の音が聞こえねーじゃねーか――）

ホル・ホースは舌打ちした。せっかくの緊張が途切れてしまいそうで、イラッと来た。

拳銃を握る手がさらに震えていく。奥歯を噛み締めて、なんとか気持ちを静めようとするが、なかなかうまく行かない。

（くそ――まだ怯えているのか、おれは……またＤＩＯの声が聞こえてくるんじゃあないか、って……そのときおれは、果たしてパニックに陥らずにいられるだろうか……）

いつのまにか、腕だけでなく全身が小刻みに震えだしている。

（どうしたんだおれは――ビビリ過ぎじゃあないか。大丈夫だ。大丈夫だって――だがほんとうにそうか……？）

ホル・ホースがちら、と仗助の方を見たところで、

「おい――ホル・ホース！」

といきなり強い声で呼びかけられる。

「な、なんだよ？」

「あんた、ビビってるか?」

「い、いやそんなことは——」

とあわてて否定しようとしたところで、さらに強い口調で、

「おれはビビっている——ッ!」

と言い返された。

「え?」

「ビビりすぎてる——なにかおかしい。無駄に心臓がドキドキしすぎてやがる——こいつは異様だ。あんたはどうなんだ?」

そういう仗助の声自体は、冷静そのものだった。ホル・ホースは、はっ、とする。

「そ、そういえば——不自然だ……じ、じゃあ」

「こいつが〝攻撃〟なんじゃあないのか? おれたちは既に——」

「し、しかしそれっぽい〝声〟は——」

と言いかけて、ホル・ホースはぎくりとした。

空から、相変わらずヘリコプターの飛行音が響いてきている……だが、さっきから聞こえているのに、肝心の機体そのものは、まったく上空に見えてこない。

「ま、まさか……」

あの高速回転するローターが大気を引き裂いている、ばばばばばばばばば……という音が、

ペット・サウンズによるものだというのか？

「ただ問題はよォ——ヘリの音がどうして、おれたちをビビらせるか、ってことだよ……なんか思い当たる節はねーのかよ？」

仗助に問われて、ホル・ホースの顔が青ざめる。

鸚鵡が調教されていたのはエジプト——アフリカ大陸だ。

そこは世界中の数々の矛盾を押しつけられた、虐げられた土地でもある。孤立した独立国が幾つもあり、さらにそれらに属さない山賊海賊がいたるところに潜伏している。大国が裏で流している武器が市場で取り引きされ、子供がアサルトライフルを振り回している地域が点在している——そんな中でヘリコプターが飛ぶとき、それは……

「独裁者の、暴動鎮圧だ……」

「何ィ？」

「非武装の市民が集会を開いたりしているところに飛来して、上空から襲ってくるんだ……情け無用で」

「つまり、それって——」

「ペット・サウンズが再現しているのは、その襲撃された市民の感覚だ——無抵抗で上から容赦なく、バルカン砲で撃たれたり、マスタードガスを浴びせられたりする、そのときの感覚が再生されている——」

「今にも殺されそうな気分、ってか？　だとしたらヤバいぜッ——実にヤバいッ。囁き声程度なら射程距離はせいぜい数メートルかも知れねーが、ヘリの飛行音なんてのは、四方八方に届いちまうッ……！」

仗助が公園を見回したときには、もうその影響が出てしまっていた。

公園の植え込みが割れて、そこから溢（あふ）れ出てきた。

小さな子供たちが、顔面をくしゃくしゃに歪めながら、助けを求めて殺到してくる——近所の幼稚園児が遊びに来ていたのだ。引率の保母たちも怯えて一緒に逃げてくる……。

ホル・ホースたちを見つけて、すがりつこうと走ってくる。

「ぐっ——！」

ホル・ホースは焦った。これは直接的な攻撃ではない。ただの攪乱（かくらん）だ。しかしその間に何をされるかを考えると——。

「おい仗助！　あのガキどもを即、気絶させられるか？」

「馬鹿言うんじゃあねーッ。どんくらい手加減すりゃあいいのか、すぐにはわかんねーよッ。ましてビビっている今じゃあ、能力の制御がどーなるかわかんねーしッ」

仗助が苛立（いらだ）たしげに怒鳴った、そのときだった。

先頭を走っていた子供が、突然にぐらっ、とよろめいた。

その首のところに、何かが出現していた——棒状のものが突き出していた。

黒く塗られたアルミ製の、それは矢であった。

狩猟用などに使われる、ボウガンの矢が発射されてきて、子供の喉を貫いていたのだった。

「────ッ！」

仗助は反射的に飛び出している。

その子供をほとんど突き飛ばすようにして押しのけて、その喉に刺さった矢を引き抜くと同時に、能力を発現させている。

子供の喉が治癒していくのと、彼の肩に次なる矢が突き刺さったのは同時だった。

「ぐっ……！」

仗助は矢が飛来してきた方角に視線を向けて、そして……走り出している。

敵がいる方へ、一直線に──。

「お、おい待てッ！」

ホル・ホースが叫ぶが、仗助の耳にはもう何も届いていないようで、彼は全速力で駆けていく。

「うおおおおおおおおおおおおおお────ッ！」

雄叫び（おたけ）びを上げて、突進していく。

（な、なんてヤツだ──）

ホル・ホースは〝声〟の影響下にありながら、さらにそれを超える戦慄を感じずにはいられなかった。

恐怖を助長され、さらに目の前で子供が撃たれたりすれば、どうしても身構える――周囲に大勢の子供がいればなおさらだ。

だがあの東方仗助は、そこで一切の躊躇もなく、いきなり遥か遠くの未確認の敵に向かって飛び出して行った――それは単に勇敢であるとか、闘志に満ちているとかいう次元ではない。

何かが断絶している、と思った。

ふつうの人間であれば存在して当然の、ある種の思慮がない――心の中で、生存に必要な決定的なものが切れている、そんな感じだった。

仗助めがけて、さらに矢が飛んでくる。どうやら束ねて発射できるタイプらしく、四本、一度に飛んできた。


『――ドラァッ！』


仗助のスタンドが矢を弾き飛ばす。だが落とせたのは三本だけで、一本は頬をかすめて血が噴き出した。

だが顔面すれすれを射られたというのに、仗助は眼を閉じもせず、よろけながらも速度を落としもしない。

「ううッ——」

見ているホル・ホースの方がすっかり竦み上がってしまっていた。

その間にも、周囲に響くヘリコプターの音はどんどん大きくなっていく。接近してくる様子が再現されている。

（と、いうことは——）

続いて機銃掃射がくる——それはもちろん現実ではなく、ただの感覚に過ぎないが、しかし人はショックだけで簡単に心臓が停止することをホル・ホースは知っている。

どうすればいいのか——と彼が思わず首を左右に振った、そのときだった。

風が吹いた。

本物の風だ——それが公園の樹木をざわわっ、と揺らした。

それで、ちら……と見えた。そう思った。

極彩色の鸚鵡の色が、緑の隙間から見えたように思った。それは一瞬で、すぐに確認できなくなる——

（——ッ！）

ホル・ホースは手の中の拳銃を握りしめる。

やるしかなかった。

撃つしかない——頼りにしていた仗助は行ってしまっているし、今、即座に仕留めないと彼も子供たちも生命が危ない。だが精密な狙いを付けられる状況ではない。

鸚鵡を射殺せざるを得ない――他に選択肢はない。

〝あの子は今じゃ、たったひとりの家族なんだよ――〟

老婆の声が脳裏にこだまする。奥歯がぎりぎりと噛み締められる。手ががたがたと震え、引き金に掛かった人差し指が痙攣しそうになる。

「ううう……ッ！　くそったれェエエエ――ッ！」

彼は絶叫しながら、ありったけの弾丸を〈皇帝〉の銃口から吐き出させた。隠れている相手には、とにかく無茶苦茶に連射しないと命中させられない――。

ばばばっ、という破裂音と共に、茂みのその箇所が半径五十センチほど、瞬時に吹っ飛んだ。

飛び散る葉や枝の中に、鸚鵡の色鮮やかな羽毛が明らかに視認できた……それらが四散しながら、後方の川に向かって落ちていく。水飛沫が上がり、そして流されていく中からは、もう何も浮上してこなかった。

ヘリコプターの音が嘘のように、ぱっ、と消えてしまう。

「……ううぅッ――」

ホル・ホースはその場に、へなへなと崩れ落ちた。

4.

（な、なんだとぉ――――!?）

　犯人の男は、どんどんこっちに走ってくる仗助を前に、驚きを感じずにはいられなかった。どういう神経しているんだ、と思った。

（だが――――しかしッ）

　そもそもが、それほど本気で鸚鵡に頼っていた訳でもない――――だからペット・サウンズの〝声〟が途切れてしまってもそれほど焦らない。

　男が発射していたボウガンは、自分で撃っていたものではなかった。アルミ材で組み上げた折り畳み式の装置の上に乗っている。連射機能と矢の自動装塡機能をつけた台座だ。別に複雑な機構があるわけでもなく、設計図さえあれば日曜大工でできる程度のものだ。値が張るのはその上に装着されている狙撃用スコープである。軍事用の払い下げ品で、入手には苦労した代物だ。それだけを取り外すと、男はさっさと隠れている場所から移動した。矢はそのまま自動的に連射され続け、馬鹿正直に正面突破してくる仗助めがけて矢を撃ち続ける。

（このマヌケが――――テメーがボウガンのところまで迫ったときにゃ、この俺様はとっくに町の人混みに紛れているって寸法よォ――――ッ。せいぜい無駄な傷を増やしやがれ、カスがッ！）

男は公園の植え込みから這い出して、すぐに着ていた野戦服を脱いでスポーツバッグに押し込め、ふつうの格好になって通りに出た。公園に隣接している神社から出てきたような顔をして、のんびりとした足取りで歩いていく。

＊

「——ム！」

突進してきた仗助は、とうとう矢の発射地点にまで到達した。だがそこにあるのは脚立に載せられた不細工な装置だけだった。回転する歯車にワイヤーが引っ張られて弦が動いていって、矢が発射されるのを叩き落とすと同時に、その懐に飛び込んでいる。

『どららららあああああ〜〜〜〜〜ッ！』

仗助のスタンドが暴れ回り、装置は一瞬で粉々に飛び散り、ぐっちゃぐっちゃに破壊される。もはや矢は発射されることはなくなったが——しかしその元凶の方はもう、その場には影も形もない。

「…………」

だがこのとき、仗助の顔にあるのは奇妙なまでの落ち着きと、冷静な表情だった。さっきまでの激怒が綺麗さっぱり消えていた。まるで湯上がりに一息ついているような、そんな安定感があった。

＊

男は、特に不満があるわけではなかった。ただ退屈していただけだ。

人生に退屈している――刺激が欲しい。

だからボウガンで生き物を射っていたのだ。最初は鼠だったが、すぐに鳩になり、猫になった。ドーベルマンを射殺できたときには高揚があった。

だが――それもすぐに飽きてしまった。

相手が動物ではたかが知れている。もっと〝こんなものを射ってしまった〟と激しく背徳的な罪悪感の酩酊を伴うくらいの刺激的な獲物が欲しい。

そんな中で、彼はあの鸚鵡に出会った。向こうから彼のもとに飛んできたのだ。それで、これを利用して刺激的な獲物を狩るということを思いついたのだった。

逃げまどう子供たちを射る――それはあらゆる道徳を踏みにじる特権的な闇の贅沢だと思った。

そして自分はそれを享受できるだけの知性と美しさを備えた選ばれた人間なのだ、と考えている。

彼は見栄えの良い男だった。目鼻立ちがくっきりしていて、幼少期から周囲の大人たちや教師に気に入られてきた。友人に困ったこともない。自分は選ばれた人間なのだ、これは運命で決定されていることなのだ。それが彼にとっての真実だった。

（人を傷つける特権は俺様だけのもので、他の凡庸な連中には存在しねーッ。俺様だけが特別なんだ。誰も俺様を傷つけることはできねーんだよッ。けけけけッ！）

内心でせせら笑いながら、男は大通りを歩いていく。

なんの動揺もない。むしろ物足りないと思っているくらいだった。もっと刺激的で、心臓が高鳴るような経験をしたいもんだ——と男が思ったとき、ふいに、

——ずん、

と胸に何かがぶつかるような感覚が走った。少し走ったので動悸か、と思って手を当てると、なにかもぞもぞと動いている感触があった。虫か、と眼を落としてみると——そこに奇妙な物が付いていた。

一本のネジだった。

（？　静電気で付いているのか——）

どこから飛んできたのか、と思って指で取ろうとすると、ずるるっ、と動いて逃げるような

動きをする。

つまもうと指を動かすと、さらにずるるっ、と動いていく。そして上着の合わせ目に滑り込んでいった。

（なんだよこれ――変にしつこいな――）

上着をめくると、ネジはポケットに入り込もうとしていた。磁石があって、吸い付けられているような動きだが、もちろんそんなものは持っていない。そこに入っているのは――。

「あ……？」

男の顔がややひきつる。胸ポケットに入れてあった軍用スコープに、ネジが吸い付いている――それだけでなく、取り付け基部のところに動いていって、そのネジ穴にきりきりきり、と回りながら塡っていく……さっきまでボウガンに装着されていたときと同様の状態に、なおっていく――。


『――ドラアッ！』

雄叫びとともに飛び込んできたスタンドの姿は、常人である男には見えなかった。ただ一方的に、非常識なる圧倒的暴力に強引に蹂躙された。その岩石よりも硬い拳が男の脆い肉体に激突してきた。

一片の容赦もなく、顔面を真正面からぶん殴られる。

「――ぶぎゃげええエエ――ッ！」

悲鳴とも空気の漏出ともつかぬ奇声を喉から発して、男の身体は吹っ飛んで路上に倒れ込んだ。

前歯が全部折れて、地面に散らばる……その前に立ちはだかる少年がいる。身体に矢が数本刺さったままだ。

東方仗助。

ボウガンに残されていた部品のネジを〝なおして〟ここまで追跡してきた彼が男を見下ろす眼は、どこまでも静かな光をたたえていて、勝利に酔っているところはどこにもなかった。

「……テメーのよーな奴が、一番ムカつくんだよなぁ～～ッ。安全なところに隠れてこそこそとよォ～～ッ。他人が傷つくところを見てニヤニヤしてやがって――」

仗助は男が吹っ飛んだときに地面に落とした財布を拾って、中身を確認する。学生証が出てくる。

「なんだよ、大学生か――いい気になってやがったんだな。ぞっとするぜ、テメーみたいな奴がこの町にいたかと思うとよォ～～ッ。名前は清原幸司か……」

この辺で、やっと周囲がざわめきだした。するとそれを聞きつけて、自転車でこっちにやって来る人影がある。

「警察だ！　どうした！　なんの騒ぎで——」

初老の警官、東方良平であった。仗助はその声に振り返って、

「ああ、じいちゃん——ちょうど良いトコに来たぜ。現行犯だ。こいつを逮捕してくれ。罪状は——なんていうのか知らねーが、とにかく幼稚園児に向かって尖った矢を発射してきた罪だ」

と言った。

5.

（お、終わったのか……？）

仗助を追ってきたホル・ホースは、事態が既に落ち着いているのがわかった。

仗助は警察官となにやら話し込んでいて、さらに他の警察官たちも次々と到着して、状況が動き始めている。

その中で、一人の男が道路にへたりこんでいる。犯人の清原幸司だった。ホル・ホースはそいつの顔を見て、少し眉をひそめる。

（なんだ、あいつの顔……？）

どこにも怪我はしていない。だがその全体が妙に崩れている。目尻や鼻筋が捩れていて、唇

が大きく捲れ上がっている。前歯はてんでばらばらな方向に突き出した乱杭歯だ。なんというか……微妙に不自然な顔立ちだった。蠟人形にドライヤーで熱をあてて、溶けたところに冷水をぶっかけたような顔をしていた。

（ハッ……まさか）

ホル・ホースは気づいた。

もしかして――仗助がそのスタンド能力で、本気でぶん殴った相手というのは元に戻らずに、歪んだ形に〝なおってしまう〟のではないか？

（な、なんつー……えげつないスタンドなんだ……ただ壊すよりもずっとタチが悪く、恐ろしい能力だ――）

あいつを怒らせることだけはするまい、とホル・ホースがあらためて心の中で固く誓ったところで、仗助と話していた初老の警官が、彼に向かって、

「それにしても無茶苦茶をするヤツだ――子供たちは無事でも、おまえの方が怪我をしているじゃあないか。まったくおまえはいつもこうだな」

と苦笑しながら親しげに言った。そこでホル・ホースにも警官が〝リョーヘーさん〟であることがわかった。

（あれが仗助のお祖父さんか――似ているような、似ていないような。目鼻立ちはそうでもないが、どこか雰囲気が近い、みたいな……）

仗助は顔をしかめて、

「大したこたあねーよ。じいちゃんは大袈裟なんだよ」

とぶっきらぼうに言う。そんな仗助の突き出した前髪にも、弾いたときに折れた矢の破片が一本、引っかかってぶら下がっていた。

「ほれ、その変な髪にも刺さっているぞ。せめてそいつくらいは抜いておけ」

良平が何気なくそう言ったので、ホル・ホースはぎょっとした。

（や、やばいッ――あいつは髪型をけなされると、女でも殴るって――）

ひっ、と思わず眼を閉じてしまう。良平が吹っ飛んで顔を歪められてしまうところなど、とても正視に耐えない――。

だが……数秒経っても、とりたてて何も起きない。

（……あれ？）

ホル・ホースがおそるおそる瞼を開くと、良平が仗助の頭から破片を抜いているところだった。そして頭をやや乱暴にくしゃくしゃと弄っている。

「まったく、どーなっているんだコイツは。どういうセットなんだ。まあ、そのおかげで頭に傷をつけなくてすんだのかもな」

「やかましいんだよ、いちいち」

仗助は相変わらず顔をしかめているが、しかしそれほど怒っているようには見えない……。

（……あれあれ？）

ホル・ホースは眼を丸くしていた。その髪は仗助にとって他人が触れることを許さない聖域だったのではないか？

「………」

警察官と不良少年。いったいどういう関係なのか、その祖父と孫は——とホル・ホースが訝しんでいると、彼のことを見つけた仗助が「おうッ」と手を挙げてきた。

＊

「じゃあ、被疑者を署に連行しておけ」

「了解です」

警官たちは道路にへたりこんでいる清原幸司を引き上げて、パトカーの後部座席に押し込んだ。

ドアが閉まって、車は走り出す。

「………」

すっかり風貌が変わってしまい、ぐったりと座り込んでいる清原幸司に、となりに座っている警官が、

「なあ、どんな感じだった？」

と訊いてきた。顔を上げると、その若い警官はにこにこして、

「戦って、ブチのめされて——どんな感じだったか、と訊いているんだよ」

「…………」

「この仮頼谷一樹が直々に訊ねているんだ。はっきりとわかりやすく説明してくれよ、んんん？」

妙に上機嫌で、落ち着いた口調で話しかけてくる。

「…………」

幸司は運転席の、もうひとりの警官の方を見た。だが運転手の方はまったくの無反応だ。まるで後部席から何の声も聞こえないかのように。

「おまえのような、生きていても仕方のないクズを泳がせていたのは、こういうときに役立ってもらうためなんだぜ？　的確に説明してくれよ——的確に」

幸司は、ここで若い警官の左耳に特徴があることに気づいた。

耳たぶが一部、欠けている——鋏で切り取ったような逆V字型の空白がある。あるいは、そう——鳥の嘴で嚙み切られた、みたいな……。

「…………」

どこかで前に、それを見たような気がする……だがその記憶が拭き取られてしまったのかのように消失していて、印象だけで明確なイメージとしては決して浮かんでこない。

こつん、と肘が何かにぶつかった。後部座席に置かれていた包みに触れたのだ。そっちの方を向く。荷物を覆っていた布が、はらりと下に落ちる。

その下にあったのは鳥籠だった。中にいるのは大きな身体と極彩色の模様を持つ――鸚鵡。

首を、かくかく、と傾げて、ギョロリとした眼で彼の方を見つめてきて、そして――一声発した。


……外から見ると、そのとき一瞬だけ、パトカーの走行がよろろっ、と揺らいだ。だがすぐに回復して、何事もなかったかのように警察署に向かっていく。

Dの伍——“Disquietude（不穏で不安）”

『やったじゃんか！　これでなにもかも解決だよ！　――なんで浮かない顔なんだい？』
『出来過ぎた結論ってのは、ほとんどの場合は誰かの後を辿っていただけの証明だからさ――ＮｉＮｉ。まだ途中だよ、コイツは』

――岸辺露伴〈ピンクダークの少年〉

1.

とてもとても寒い、冬のある日のことだった。

花京院涼子(かきょういんりょうこ)が小学校から帰ってくると、家の中が妙にざわざわとしていて、親戚の人たちが大勢集まってきていた。花京院一族の本家である彼女の家には、何かあると皆が集まってくるのだが、その日の様子は特に異様だった。

「——どういう訳で、エジプトなんかで……」

「——でも遺体を確認しているというし……」

「——大使館でも状況は把握してないと……」

ざわざわとしていながら、どこか沈痛な静けさが漂っている、ぎしぎしと空気が軋(きし)んでいるような雰囲気に、皮膚が削り取られてしまいそうだった。

「ああ、涼子！」

玄関で立ちすくんでいる彼女のことを見つけて、母が駆け寄ってきた。いきなり抱きついてきて、頬(ほお)ずりしてから言う。

「あなたはとりあえず、部屋に戻っていなさい。今日はもう、どこにも出掛けないで」

ぴりぴりしていた。涼子がぼんやりとした眼で見つめ返すと、母は悲しげな顔で、

「落ち着いて聞いてね。実は……典明(のりあき)さんが亡くなったの」

と言った。

「………」

彼女は茫然(ぼうぜん)として、何も言えない。母はさらに説明を続けるが、それもろくに耳に入ってこない。

ただ――エジプトで死んだ、という言葉だけが脳裏に反響していた。それは五ヶ月前のエジプト旅行での、あの出来事が関係しているとしか思えなかったからだ。

彼女が襲われたところを、典明が救ってくれた、あの経験が彼を決定的に変えてしまったのだ。

その年の夏の、花京院家の恒例の海外旅行はエジプトの遺跡巡りになった。特に理由はなく、単に旅行会社の人間が勧めるものに従っただけだった。だが――後でスピードワゴン財団が調査したところによると、この旅行会社の人間にもＤＩＯ(ディオ)の息が掛かっていたらしい。花京院典明は誘(おび)き寄(よ)せられるべくして誘き出されたのだ。

エジプトでも有数の観光地ルクソールで、皆で遺跡を見学してきた後でホテルに帰ってきたところで、涼子は迷子になった。

気がついたら、周囲に誰もおらず、ひとりぼっちで薄暗い路地を歩いていた。確かにみんなと一緒に来たはずなのに、どういう訳か孤立してしまっていた。

（どうしよう、どうすれば――）

彼女が故郷から遠い異国の路上でひとり、めそめそと泣いていると、背後から駆け寄る足音がして、

「ああ！　いたいた。涼子ちゃん――」

と声を掛けてきてくれたのは、一番仲の良い従兄弟の花京院典明だった。彼女は喜んで、彼の足に、ひしっ、と抱きついた。よしよし、と頭を撫でてもらって、彼女は心底ホッとした。

「じゃあ帰ろう、みんな心配しているよ」

「うん！」

二人は手を繋いで歩き出した……だが、一分ぐらい進んだのに、全然表通りに出られない。

「おにいちゃん……？」

涼子が従兄弟の方をちら、と見ると……彼はこれまで見たことのないような顔をしていた。とても真剣――という表現でも足りないくらいに、四方八方に刃を突き立てて回っているような鋭い視線を向けている――。

「こ、これは――まさか」

花京院は唇を震わせながら、声を漏らす。

「まさか、ぼくと〝同じ〟ようなヤツが仕掛けてきているのか――？」

そのただならぬ緊張に、涼子は怯えた。周囲の通りは静まり返っている。静かすぎる。他の通行人たちの姿がどこにもない……。

花京院は涼子を抱きかかえて、走り出した。涼子はびっくりしたが、されるがままに従う。だが花京院がかなりの距離を走ったにも関わらず、気がつくとさっきと同じ場所を走っている……。

明らかに不自然、どう考えても異常、常識では割り切れない状況——

「くっ——」

花京院は立ち止まった。彼は焦っているが、しかしそれほど驚いていない。まるでこういうことがいつか起きる、と前から知っていたように。

涼子は取り残されている気がした。そう、前からずっと、そんな感じがしている——典明おにいちゃんは、他の人たちと違うものが見えているみたいだ、と。親戚たちが皆褒める彼の少年らしからぬ大人びた落ち着きは、他の者たちが知らない世界を知っているから、ではないのか——と。

「これは——この〝迷宮〟は……」

と花京院が呟いたところで、ふいにどこからともなく、

「そう——〝攻撃〟だよ。君が思っている通りだ」

という声が聞こえてきた。二人が振り向くと、そこには一人の男が立っていた。

心の中心に忍び込んでくるような凍りつく眼差し。黄金色の頭髪。透き通るような白い肌。男とは思えないような妖しい色気――そいつはこの世の他の誰とも似ていない男だった。

「ああ――勘違いしないで欲しいんだが、こんな〝迷宮〟程度の能力が我がパワーではない。これはわたしの〝しもべ〟のものだ。君を誘い入れるために、だ――花京院」

そいつを一目見ての、花京院の行動は素早かった。

すぐに身を翻して、涼子を抱えたまま逃走した。しかしその進む先が異様――道に沿って行くのではなく、壁に向かって突撃した。

「――〝エメラルド・スプラッシュ〟！」

彼がそう叫んだのと同時に、壁が吹き飛んだ。まるで大砲でも撃ち込まれたかのように破壊された。

そしてその壁の向こうには――どういうことか、壁の向こうは建物の内部ではなく、さらに道が広がっている。典明はためらいなく、その中に飛び込んだ。

そこはもう、ふつうの道になっている――雑踏のざわめきが聞こえてきた。花京院はそっちの方に駆け出そうとして――その足が停まる。

「ほほう、なかなかに明敏な判断力と言える――初めて〝迷宮〟に遭遇したはずなのに、攻撃で破れると見抜いたのか。君はファンタジーやメルヘンなどこの世に存在しないという現実主義者なのか？　花京院――」

どういう訳か……目の前にあの男がいる。

まっすぐに逃げ出したのだ。追い越されるならまだしも、どうして前方に立っているのか——。

「うっ——」

花京院はふたたび方向を変えた。来た道を逆行した。もうその道も元に戻っているので、出てきた異空間には通じていない。

しかし——彼はその途中で立ち止まる。

道の隅に、子供が身を隠せるくぼみを見つけると、涼子をそこにそっ、と下ろす。

「ううう……！」

涼子は震えていた。寒くもないのに、全身が凍えそうだった。そんな彼女に花京院は、

「いいか、決してここから出るんじゃないぞ！」

と言い聞かせる。

「お、おにいちゃん、怖い——」

「大丈夫だから、絶対に顔を出すなよ！」

そう言うと、花京院は涼子を押し込めた建物のくぼみから飛び出していった。

涼子はひたすらに震えている。道路の方からは、男の声が微かに聞こえてくる。なにかを花京院に話しかけている。その声はよく聞き取れないが、合間に妙にはっきりと〝ＤＩＯ〟〝ス

タンド使い〟という単語が耳に刺さってきた。

DIO――。

それがあの気味の悪い男の名前なのか。そのDIOはじわじわ花京院の方に迫ってきているらしく、声が徐々に大きくなっていく。

「ゲロを吐くぐらい怖がらなくてもいいじゃあないか――安心しろ、安心しろよ。怖がることはないんだよ、花京院――友だちになろう」

そう聞こえたかと思うと、半秒後、今度は突然に位置を変えたところから、

「安心したな、花京院――一瞬だけホッとしたな。一瞬――それで充分ッ……！」

という宣告が響き、それと重なるように花京院の悲鳴が轟く。

「――うわあああああああ…………ッ！」

涼子は耳を押さえて、その場にうずくまったまま、動けない。

そうして数十秒が過ぎ――やがて、DIOの声が聞こえた。

「よし――立て」

続いて聞こえてきた声を、涼子は後から恐怖と共に思い返すことになる。

「はい――DIO様……」

そう言ったのは、確かに彼女の優しいおにいちゃん、花京院典明の声だった。しかしそこには何かが欠落していた。それまでの花京院典明に存在していた重要なものがごっそりと削り取

られてしまっていた。

「おまえは何だ？　花京院典明」

「ぼくは……ＤＩＯ様の忠実なるしもべです……」

「それはどうして、そう思うのか？」

「ＤＩＯ様の、この世の何者よりも優れた偉大なる力と知性を、どこまでも尊敬しているからです……」

「よし……あくまでも自分の意志で、このＤＩＯに仕えると言うんだな？」

「もちろんそうです……決して強制されたものではありません……魂からの忠誠です……」

「よかろう——花京院。おまえはひとまず、このまま日本に帰るのだ——指示を待て。わたしはどうやら、近い内にジョースターどもとの百年の因縁、その決着を付ける戦いを始めなければならないようだ。しかるべきときが来たら、おまえはその尖兵(せんぺい)として戦いに赴くことになるだろう」

「なにもかも、仰(おお)せの通りに——」

会話は自然だった。まるで十年も前から両者は主従の関係にあったかのようだった。

（うううううう……？）

涼子は訳がわからず、ただただ震えているだけしかできない。

やがて——静かになる。

周囲に充満していた、ある種の圧力が消失する。狭い部屋に数時間こもった後で外に出たときのような空気が流れ込む。

おそるおそる涼子が顔を上げて、振り返ると——そこには花京院典明が立っている。

「ああ、こんなところにいたんだね、涼子ちゃん」

優しい顔で、穏やかな口調でそう話しかけてくる。

それはいつもの、あの花京院典明の様子だ。

「あ……」

「急にいなくなるから、みんな心配しているよ。迷っちゃったんだね」

まるで今までの出来事など存在しなかったかのように言う。何も起こりはしなかったのだ、という風に。

「あ、あの……おにいちゃん……？」

「大丈夫だよ。そんなに怒られないように、ぼくから伯父(おじ)さんたちに話してあげるから。さあ帰ろう」

その口調にはどこにもおかしなところがない。すべては夢、迷子になった恐怖から生まれた妄想の幻覚だったのだ、と納得しそうになる流れだった。

だが——涼子には見えた。

花京院典明の額(ひたい)——前髪で隠されたその下に、なにか蠢(うごめ)いているものがあるのを。

それはさっき、ＤＩＯによって彼の脳にねじ込まれた肉の芽だった。それが花京院典明と一体化してしまっている。その突き立てられた傷口から血が流れ出したが、次の瞬間には、その血液は肉の芽によって吸い取られて、なくなってしまう。

「………」

花京院は少し額に指先を当てていじると、もう肉の芽はまったく外からは見えなくなってしまう。

「あ、あの……」

「いいから、さあ帰ろう――なんにも心配することはないんだ」

にこにこと微笑み（ほほえ）ながら、花京院典明は涼子の背中に手をあてて、窪みから外に引き出した。その手は氷のようにひんやりと冷たくなっていた。

……それから三ヶ月ほど経った頃に、花京院典明は突然家出をして、そしてさらに五十日後には、故郷から遠く離れたエジプトで死んでしまうことになる。

彼の身に何が起こったのか？

涼子がふらふらと迷子にさえならなかったら、彼は今でも生きているのだろうか？

それはいくら考えてもわからないことだった。

「典明ちゃんが亡くなってから、もう十年も経つのねえ。早いものだわ。私も歳を取るはずよ」

叔母の光恵がしみじみと言う。ここはM県S市にある花京院家が所有しているマンションのひとつだ。涼子は今日はここに泊まることになっている。両親に一人での旅行を許してもらったのも、この親戚の家に泊まるからである。

「でも涼子ちゃん、あの子のことをきちんと覚えてる？　まだ小さかったでしょう、あなた」

そう言われて、涼子はうっすらと微笑みを見せて、

「そうですね。ぼんやりとしているかも知れないですね」

と嘘をつく。昨日のことのように、毎日のように思い出しているのだ、などとは誰にも言ったことはない。

「でも、いい子だったわよ。ただちょっと真面目すぎて、何かに悩んでいたんでしょうけど、それを誰にも言わずに――エジプトに何しに行ったんでしょうね。家出旅行の先で事故に遭うなんて、なんだか今でも信じられないわ」

叔母はどこかうっとりするような口調である。神秘的な甥っ子の悲劇的な死は、彼女には多少ロマンチックなイメージを伴うものなのかも知れなかった。

日常から遥か遠くにあって、安全なところから眺められるセピア色をした鑑賞物のような記憶だ……だが涼子にとっては、それは心に突き刺さったままの鋭い棘なのである。

「でもあなたも真面目よね、涼子ちゃん。せっかく旅行に来たのに、まずお墓参りに寄ってか

らこっちに来て。義理堅いわよね、若いのに」

「まあ、そうしろと父から言われてますから」

と、平然と嘘をつく。叔母は笑って、

「あの兄貴は堅物だからね——ボーイフレンドとか会わせたことある？」

「ないですけど」

「きっと怒るか無視するか、どっちかだと思うわ。うん、きっと見物よ」

そう言ってまた笑う。涼子も愛想笑いをするが、しかしその実、彼女はまったくその光景を想像することができない。

（私は——それどころではない）

そういう風な他愛のない日常は、彼女が真実に到達するまでは決して訪れないだろう。それは涼子の中で岩のように硬い実感だった。

「それで涼子ちゃん、これからどうするの？」

「ちょっとこの辺を巡ってみようと思って——色々と観光したいな、って」

「受験も無事に終わったしね。みんなの自慢よ、あなたは。花京院家の誇りだわ」

叔母はにっこりと微笑みながらうなずく。涼子はうなずきかえしながら、少しだけ良心の呵責を感じた。

そう——これから彼女がやらなければならないことは、家出よりもずっと重いことだったからだ。

2.

警察の捜査によって、清原幸司（きよはらこうじ）の部屋から動物を射殺している際の動画が無数に発見され、ボウガンなどの凶器類も押収されたため、彼の容疑は決定的になり、その逮捕及び拘留の合法性はその日の内に確定した。だが彼の家族によって雇われた弁護士が心神喪失状態の可能性が高く、精神鑑定の必要があると主張したため、裁判になるまではかなりの時間が掛かりそうだった。

何度か経験していることだった——東方良平（ひがしかたりょうへい）がこの町で長年お巡りさんをやってきて、明らかに罪を犯しているはずの者が中途半端に扱われてしまうことは。

（しかし——確かにあの清原という男がおかしいのは認めざるを得ないかも知れん）

良平は考えながら、自転車のペダルを踏んでいる。

走り抜けていく町並みは、いつもとなんら変わらない景色を既に取り戻している。凶行があったことなどもう信じられないくらいだ。

（だが、清原も昨日まではふつうの大学生と思われていた。陰で動物を射殺して回っていて、隙あらば子供を射ちたいと考えていたことなど、誰も知らなかった——いや、もしかすると、ヤツ自身もそこまでは思っていなかったのかも……）

長年、色々な犯罪者を見てきた良平には引っかかるものがあった。とんでもないことをしでかしてしまうヤツというのは、基本的に想像力が欠けている。犯罪に対しての罪悪感がないというよりも、そういうことをしたら、未来はどうなるか、その意識が薄いのだ。だから捕まった後もどこかぼんやりとしていて、状況が飲み込めていない顔をしている。それは刑務所に行ってからさえもそうで、自分がどうしてそこにいるのか、ピンと来ないまま収監されている。

それに対して清原は捕まって……あまりにも打ちのめされ過ぎている。

がっくりと落ち込みすぎている。茫然自失としていて、その眼はあらぬところを見ていて、話しかけても悲鳴を上げるばかりでまともに会話にさえならない。演技でやっているのではないかと上の方は疑っているようだったが、良平にはそれも不自然な気がしている。

（どういうことか不明瞭だが――何かがある気がする。この町にはやばいことがまだ潜んでいる感触がある――）

自分よりも若い同僚たちにはこういう話はしたことがないが――良平はこういう勘こそ、捜査に於（お）いてもっとも重視している要素だった。

彼が町に油断のない眼を向けながら自転車を走らせていると、その視界の隅に入るものがあった。小さな人影だった。

「――ン？」

自転車を停めて、降りて、押して歩いてその人影に近づいていく。

通りのベンチに腰掛けて、身体（からだ）を縮こまらせているのは昨日、彼がホテルに案内した人物——ボインゴだった。

「よう、どうした？」

声を掛けると、ボインゴは一瞬びくっ、と身体を引きつらせたが、相手が良平であることがわかると、あからさまにホッとした表情になる。

「あ、り、リョーへーさん——こんにちは」

「こんにちは。相棒とはもう会えたんだろう？　昨日ホル・ホースさんも捜査に協力してもらった後でホテルに帰ったそうだからな」

「う、うん——そうだけど……」

「探していた鸚鵡（おうむ）は、ボウガン乱射事件のとばっちりで死んでしまったそうだな。流れ矢に当たって川に落ちたって聞いたぞ。残念だったな」

「う、うん……いや、ぼ、ぼくは別に、あんまし関係ないから、それはどうでも……いいんだけど……」

「マンガはやっぱり、まだ見つからないのか。警察には届けられていないし」

「う、うん……」

ボインゴが縮こまっているのを見て、良平は、

「気になるのなら、自分でも心当たりのあるところを探せばいいんじゃないのか？　待っているばかりじゃなくて」

と言った。ボインゴは弱々しく首を横に振って、

「よ、余計なことはするな、って……ホル・ホースにも言われてて……」

「でもマンガは、君の大事な物なんだろう？」

良平の言葉に、びくっ、とボインゴは顔を上げた。

「え……」

「わしはそう感じたんだが。昨日、話を聞いていて、君にとってそのマンガはかけがえのない物だと」

「そ、それは……そうだけど……」

「よかったら、どうしてそこまで大事なのか教えてもらえないか」

「い、言っても……きっと、し、し、信じられないよ……」

ボインゴが泣きそうな顔で言う。すると良平は少し笑って、

「なあボインゴ君——君は、警官が日々、どんなことを一般人から言われているか、知っているか？」

「え？」

「それはもう、みんなへんてこなことばかり言ってくる。隣のヤツが夜中にカチカチとうるさ

い、あれは世界征服を準備してるんだ、とか、毎日猫が家の庭を通ってフンをしていく、あれはわざと誰かがやらせているんだ、とか。テレビの映りが悪い、どこかで変な電波を飛ばしていてウチに放射しているんだろう、とか——無碍にもできないから、一応そういう話をみんな聞かなきゃならないんだ。嘘だろうとか信じられないとか、そんな判断はいちいちしない。とにかく話を聞く。それが仕事だ。君の話が信じられないようなことかどうか、それをわしは決めたりしない。問題なのは、君が困っているかどうかってことだけだ」

まっすぐに見つめられて、そう言われる。ボインゴは即答できずに、少し絶句してしまう。判断ができない。こういうときはいつだってマンガを見れば、そこに答えが描いてあったものだが——今は、それがない。

「…………」

ボインゴは考えようとしたが、しかし彼は考えるのが苦手だった。いつだって兄やホル・ホースが彼の代わりに考えてくれるのであって、自分で判断するということなど、ほとんどしたことがなかった。だからこのとき、彼はほとんど初めて、自分で決断していた。目の前の男が信じられるかどうか——その判断を下していた。そしてそのことにまったく気づいていなかった。知らない内にその一歩を彼は踏み出していた。さりげなく心の松葉杖を手渡してもらったかのように。

「じ、実は——あのマンガには、み、未来の出来事が現れてきて——それで、色々なことがわかってしまって――だから」

　おずおずと、しかし他人にも聞き取れる声で、彼はそう話し出していた。

「ふむふむ」

　東方良平は、表情も変えずにその話を聞いている。そして話が一段落ついたところで、

「ところでホル・ホースさんはそのマンガを探しに出ている、と考えていいのか？」

　と訊き返した。ボインゴはうなずき、さらに、

「な、なんか――日本で知り合った人が朝早くに来て、とにかく出掛けよう、って無理矢理に連れ出して――」

　と言う。すると良平の表情が奇妙に歪んで、

「日本で――って、そいつはもしかして、ものすごく変な髪型をしたガキじゃなかったか？」

　と、さらに訊いてきた。

＊

「なあ仗助よ――どうしてそんなにムキになって、おれを外に連れ出したんだよ？」

　まだ早朝の、人通りの少ない歩道を歩きながら、ホル・ホースはふわわ、とあくびをした。

　その道は町の目抜き通りのひとつである。青葉祭り、光のページェントといった大規模なイベントが数々開催されていて、中でもストリート・ジャズ・フェスティバルでは数年前に、世

界的ミュージシャンの空条貞夫がエレクトリック・バンドを率いて、ワウワウ・トランペットで吹き鳴らした〈ブラック・サテン〉の妖しげな演奏がまるで通りそのものを異次元に変貌させたようだったと、今でも語り草になっている。

「いや、まあ、あんまり深く考えねーでもらいたいんだが——ホル・ホース、あんた少しの間、あのホテルから離れていてくんない？」

「はあ？　なんで」

「いや、だから気にしないでもらいたいんだが——とにかくちょっとの間でいいから。たぶん二、三日でもう帰るから」

「誰が帰るんだ？」

「いや、だから気にすんなって。とにかくさァ、あそこはもー警察に知られちまってるだろう？」

「それがなんでまずいんだよ？　別におれは警察に睨まれるようなことはしてねーぞ」

「ああ、だから警察それ自体がまずいんじゃなくて——いや、だから」

仗助は言葉の途中で、後頭部をがりがりと掻いた。

「ああもーメンドくせーな——とにかく、その大事なマンガがなくなって困ってるんなら、おれも一緒に探してやるからさ。一箇所に留まらないで動き回ろうぜ。見つかりにくいよーに」

「何に見つかりにくいんだ？」

「だから気にすんなって——いいから行こう」

「うーん。なーんか腑に落ちねーな……」

首を傾げながらも、ホル・ホースは仗助に背中を押されて早朝の町を進んでいく。

「ところでホル・ホースよォ——いや、ちょっとした質問ってことで、そんなに真剣に捉えなくてもいいいんだが」

「なんだよ？」

「あんたってエジプトにいたんだよな？」

「ああ」

「もう何年も前からいるワケ？」

「そこそこ経ってるな。まあ、ずっと居続けてるんじゃあなくて、拠点のひとつって感じではあるが」

「十年ぐらい前からいるのかな」

「え？」

「どーなの？」

「……まあ、そのへんから、かな」

「じゃあさ——あんた、もしかして知ってるかな。ある日本人を」

「というと？」

ホル・ホースが訊き返すと、仗助は彼の眼を正面から見つめながら、問いかけてくる。

「花京院典明って人を、知ってるのか？」

その名を聞いて、ホル・ホースの顔が強張った。ぎょっとなった。

「あー……やっぱり」

仗助はホル・ホースの表情を見てため息をついた。

「やっぱなァ〜〜ッ。そーじゃねえかって思ったんだよなァ〜〜ッ。不安が的中しちまったなァ〜〜ッ」

「な、なんでテメーが花京院のことを知ってるんだ？」

ホル・ホースが焦って訊ねると、仗助は頭を振って、

「いや、おれが直接知ってるわけじゃあねーんだけどよォ〜〜ッ。いやまずいな、こいつは〜〜ッ」

仗助はひとりで勝手に困っているが、ホル・ホースには何がなんだかわからない。

「どういうことだよ？　おまえは花京院のなんなんだ？　あいつは……もう十年も前に死んでしまっているんだぞ？」

そう——花京院典明はエジプトでＤＩＯとの死闘の果てにその若い生命を散らしたのだから。

仗助はちっ、と舌打ちして、

「まあ、別におれは詳しい事情とか知りたいわけじゃあねーから、その辺はどーでもいいんだ

けどよォ〜〜ッ。ただあんた、なーんかちょっとばかし後ろめたいことがありそーだよなァ〜〜ッ」

とホル・ホースを上目遣いに睨んだ。うっ、と怯むと、仗助はまた頭を振って、

「そーなんだよォ〜〜ッ。十年も前の話で、たぶん色々ともう決着していて、今さらほじくり返してもなんにもならねーって感じのことなんだろーぜェ……でも先輩にとっちゃ、充分に生々しい〝現在〟のことになるんだろう」

「先輩？」

「今さらあんたがノコノコ現れると、変なところを刺激しかねない。ましてやあんたは、危ないことばかりして生きているアウトローなんだろうし。なにしろカウボーイだもんなァ――」

「あ、アウトローって……そこまでは」

ホル・ホースはよくわからないながらも反論しようとした。だが仗助は聞く耳を持たず、

「あーっ、おれが口を滑らせちまったんだよなァ〜〜ッ。だがあんときは、まさかそーゆー事情になっているとは夢にも思ってなかったしなァ〜〜ッ。しかたねーよなァ〜〜ッ。うーん。しかしミスったよな、こいつはァ〜〜ッ」

と、ひとりで勝手にくよくよしている。

「おまえ、いったい何を――」

ホル・ホースが訊ねようとしたところで、彼の視線の先に入るものがあった。

通りの先の、早朝から開店しているファストフード店のオープンテラス席の前で、ひとりの少女が立っている。席に着いている他の客と話しているようだ。

その少女にはまったく見覚えがないのだが——その前髪の特徴的な形を知っている。

「あれは——花京院のとそっくり……」

そう言いかけところで、仗助が突然に動いた。

ばっ、とホル・ホースの前に立ちはだかって、そして——スタンドで攻撃してきた。


『——どらあっ！』


ホル・ホースはその凶暴な拳にぶん殴られて、通りから横の路地裏に吹っ飛ばされた。ゴミ集積所の大型ボックスに激突して、そのまま突き破って中に叩き込まれてしまう。

「——ぬあ!?」

ホル・ホースは混乱したが、しかしすぐにやられたにしては怪我がまったくないことに気づく。乱暴だが、突き飛ばされただけだ。いったいこれは——と考えかけた彼の目の前で、自分が通ってきた集積ボックスの穴がみるみる〝なおっていく〟のが見えた。

塞がれて、出られなくなってしまう——。

「お、おいこりゃどーゆー……」

焦るホル・ホースの耳に、外から仗助がぼそぼそ声で話しかけてきた。

〝悪いな、ホル・ホース——ちょっとの間、そこから出ないでくれ。あんたがいると色々とヤヤコシイんでな——〟

そう言うと、足音が離れていく。どこかへ行ってしまったようだ。

「な、なななななな……なんなんだよォ？　……？　？　？」

3.

——二十分ほど時間が戻る。

花京院涼子は早朝から出掛けることにした。どうせ寝てなどいられないし、人目につかないで行動する必要があるかも知れなかった。何をしたらいいのか、それは未だ(いま)に定かではないが、とにかく——

『いよいよ真実が近づいて来ているゾ！

でもリョンリョン、ここで焦っちゃダメ！

すぐに詰め寄っても、シラを切られるだけ！

遠回りこそ最短の近道なのさ！

ここは視点を変えて、別のものを探そう！

導火線を探そう！

ぱちぱちと火がつく、危ない線を探そう。

そいつにしゅぱっと一発、点火だァ――ッ。

すると……

どどん！

お城が燃えて、町が燃えて、みんなが泣き叫ぶ中で……

リョンリョンはとうとう真実に到達するよォ――ッ！』

――このマンガに顕(あらわ)れた予言の通りに行動することになる。それはもう避けられないことなのだろう。

（でも、意味はどうとでも取れる――導火線に点火、って……まさか放火魔になれってことではないだろうし。なにかの比喩――きっとそう。大体〝お城〟って、この辺にある城っていえば青葉城址(あおばじょうし)くらいだけど、燃えるもなにも、そもそも現存していない。跡地があるだけ――）

あくまでも例え話と考えるべきだった。そう思わないと、なんだかとても恐ろしいことをしなければならない気になってきて、一歩も進めなくなる。

（でも、具体的にはどうすればいいのかしら……）

あれこれ思い悩んでいても無駄なので、彼女はとにかく町に出てきた。

早朝の町は静かだった。大通りもさすがに人がほとんどおらず、昼間の喧噪（けんそう）が嘘のようだった。

「…………」

車が通らない道の、赤信号で立ち止まって、青になったら渡る。

「…………」

自分の足が道路を踏みしめる音がやけに響いて聞こえる。いつもは聞こえないノイズが妙に鮮明に感じる。自分の息づかいがうるさく思える。

「…………」

びくびくしている……それが実感できる。それは罪悪感に由来するものではない。そう、彼女はずっとびくびく怯え続けているだけだった。十年前から、あのエジプトのルクソールの路地裏に隠れたときから、ずっとびくびくし続けている。

彼女があんなに怯えていなかったら、あるいは典明おにいちゃんは、彼だけだったら――。

「…………」

あてもないまま街を彷徨（さまよ）いながら、ぼんやりと考えている。

あのときの恐怖――ごく普通に道を歩いていたと思ったら、ぽっかりと空いた落とし穴のように待ち受けていた恐怖。

もしかすると、あれは遠い外国の出来事だったから存在していた特別なものではなく、世界中のどこにでも存在しうるありふれたものなのかも知れない。

平穏に、無事に、何事もなく、退屈なくらいに順調な日常の中にあってさえ、そのすぐ近くに恐怖はいつだって側(そば)にいて、気がついたら取り込まれてしまっているのではないだろうか。そう、いつの間にか、すぐ側にまで——。

「………」

思索しながら、町の地図を片手に、彼女が周囲を見回していると、ふいに背後から声が掛けられた。

「お嬢さん——旅行ですか?」

振り向くと、歩道に面したカフェテラスに一人だけ客がいて、テーブルに座っている。サラリーマン風の男だった。年齢は二十代後半か三十代前半か——話しかけてきたのはその男だった。

「あまりこの辺の人にはない雰囲気がありますよ。お嬢さん——周囲から切り離されて、そこだけ光っているように見えます」

微妙に年齢がわからない、と感じた。青年というには歳が行っているようでもあり、中年というには子供っぽい印象もどこかに残っている。なにか中途半端な男だった。しかし全体的にはどこにでもいるサラリーマンそのもの、というしかない印象の、影の薄い男だった。

「え――ええ」

涼子が茫洋とした口調で返事をしたのは、男の呼びかけもどこかぼんやりとしたものだったからだ。無視するほど弱くもなく、警戒するほど強くもなく、なんとなく反応してしまうギリギリの、そういう声。

「ああ、急に呼び止めて失礼――わたしはここからちょっと離れた――と言っても一駅くらいしか離れていないが――カメユーデパート杜王町支店っていうところで働いているんですが、お嬢さん、化粧品とかどんなものをお使いになっていますか？」

「は、はあ――いや」

涼子は少しだけ戸惑っていた。キャッチセールス、というほどの押しはない。ナンパ、というには男から迫ってくる気配がない。妙に無色透明な話し方だった。

「いや、上からいつも言われているんですよ。若い女の子の動向を常に把握していろ、ってね――」

男は穏やかな表情をしている。微笑んでいるようでもあり、くつろいでいるようでもある。奇妙な余裕があった。

男の着ているスーツがヴァレンティノであることに涼子は気づく。かなりの高級品だ。サラリーマンにしてはゆとりがある……というより、職場で〝そんなの着てくるな〟と注意を受けそうな代物である。周囲からあまり気にされていないのだろうか。

「え、えーと……」

男はテーブルの上のコーヒーを手にして、一口すする。音もなく液体だけがカップから唇の中に吸い込まれる。それが熱いのか冷たいのか、涼子には判別が付かない。この男がどのように嗜好品を味わっているのか、なんとなく見当がつかない――。

「でも見たところ、お嬢さんはノーメイクですね？　少し肌が荒れているし、寝不足なんじゃあないですか？」

そんなことを言いながら、男の視線は別に彼女の顔には向いていない。どこか外れていて、何かを見ている――左右にちらちらと揺れる。

「あのー……」

「でも肌質は素晴らしい――あなたのようなタイプは、足の裏の肉もぷにぷにと軟らかいでしょう？　一般に女性は顔面の肌質ばかり気にするところがあって、他の部分は乾燥対策クリーム程度のケアですませてしまっている人が多いんだが、身体の末端の部分の皮膚というのは性質が同じ――手足にこそその人の身体の本質が顕れているものです。あなたの手はさぞ綺麗でしょうね――」

男が何を見ているのか、ここで涼子は悟った。顔でもなく胸でもなく腰でもなく、男はずっと彼女の手ばかりを見ているのだった。

「わたしは思うんですよ。真実は末端にこそある、とね。どんなに表面を取り繕っても、あるいは内面を磨き上げても、それはすべて片寄ったイメージに過ぎない。しかし末端には、そういう誤魔化しが入り込む隙間がない。それは先鋭であり、同時に終点でもある完成された存在――それが末端部です。あなたはどうなんでしょうね。あなたの真実がどこにあるのか、それを知りたくはありませんか？」

男の声は甲高くもなく低すぎもなく、囁くように控えめなのに耳元にはっきりと届く。だが何を言っているのか、どうにも理解しがたいところがある。彼女のことを褒めているようで、どこか決定的に彼女とは関係のない、別次元の話をしているような――。

「…………」

涼子は眉をひそめて、男から離れようとした。いくら人通りが少ないとは言え、町中であり、男がなにか良からぬことを企んでいたとしても、逃げるのに大した苦労はない。大声を上げれば誰かが来るだろう――きびすを返そうとして、そしてぎしっ、と引きつるような動きになってしまう。

足首が、なぜか動かなくなっている――見えない何かにがっしりと摑まれたように、自由が利かない。

（え――？）

彼女は男を見る。だが男は相変わらず、彼女の顔を見ていない。ずっと手ばかりを見ている

——。

（あ……？）

涼子が何かを言おうとした、そのときだった——風がふいに、通りを吹き抜けた。かなりの突風だった。

それが涼子の前髪を激しく舞い上げて、彼女は反射的に手を挙げて目元をかばった。軽く握っていた拳を開いて。

「——む！」

するとその瞬間、目の前にいる男の表情が一変した。険しい顔になって、それまでの曖昧な眼差しが嘘のように、不快感を丸出しにしていた。

「なんだそれは——その深爪は？」

彼女の手を指差して、唇を歪めている。

「え？」

「どうしてそんなに細くて長い指を持っているのに、そんな先端が直線になるまで爪を切ってしまってるんだ——何をしているんだ、いったい？」

信じられない、という風に首を何度も振る。まるで好物だと思ってハンバーグを食べていたら、中に嫌いな椎茸が練り混まれているのを発見した子供のような顔をしていた。

「少なくとも一週間は待たないと、爪を整えられるレベルにさえ伸びないじゃあないか——なんという愚行だ」

やれやれと首を振って、がっくりとうなだれてしまう。何がなんだか、さっぱりわからない反応だった。

そのとき、通りの向こうから、がしゃん、という何かがぶつかったような音が響いてきた。涼子はそっちの方を向く。その際に自然に足が動いている。

(――あれ?)

思わずその場でスキップするように足踏みする。なんで強張っていたのか、後からまったく検証できないほど痕跡が残っていない。

するとそんな彼女に、音がした方の路地から、

「やあやあ〜〜ッ、ど〜〜も花京院先輩、オハヨーサンっス!」

という少年の無駄に大きな声が聞こえてきた。

顔を上げると、東方仗助がこっちに小走りに駆けてくる。

「仗助くん?」

彼女は少しホッとしている自分に気づいて、それから視線をカフェテラスに戻す。

男の姿はもう、周囲のどこにも見えなくなっていた。飲みかけのコーヒーがそのまま残されていた。

4.

「いやあ先輩！　どーしたんスか、こんな朝早くから」

「いや、それはお互い様だと思うけど——何してんの、君は」

「あー、特に意味はないっスよ？　おれっていつもこんな風に早寝早起きをモットーとする真面目少年っスから」

「……どー見ても不良っぽいけど」

「人を見た目で判断しちゃ駄目っスよ先輩。おれってば近所の奥様方から評判いいんスよォ〜〜ッ。子供と遊んでくれるから、って。ただどーゆーワケか、そのガキどもにゃ『頭が悪い』って馬鹿にされるんスけどね〜〜ッ」

杖助は相変わらず、妙に軽い調子でよく口が回る。

（もしかして——）

と涼子は考える。

導火線、というのはこのキレやすい少年のことかも知れない。彼が頭に来て、暴れ回ることが〝しゅぱっと一発、点火〟ということもあり得る。

（でも、私がこの少年をどうにかできる気は全然しないわ……何を言っても適当にあしらわれ

てしまいそう）

マンガを読み直したくなる。新しいページが顕れていたら、その指示に従えばいい。しかし仗助の前で不用意にマンガを取り出すのは危険だった。取り上げられて、本来の持ち主に返されてしまうだろう。

（ここはなんとか、うまく振る舞ってみせなければならない――）

涼子は内心の動揺を奥歯で噛み殺しながら、ゆっくりと仗助に自分から近づいていき、

「でも、ちょうど良かったわ仗助くん――あなたにも会いたかったから」

「へえ？　おれに？　そいつはなんですか、デートのお誘い？　やっぱりS市だから？」

「いや、伊達政宗は関係ないけど。でも君はこの辺の土地に詳しそうだから。色々と案内してもらえないかなあ、って思って」

「ほほう」

「それに昨日、いきなり消えちゃったでしょ。あれからどうしたの？　騒ぎがあったってニュースでもさんざんやってたけど――」

「あー、まー、もう全然大丈夫っスから。問題なしっス。大馬鹿野郎も引っ捕らえられて平和が戻りましたから」

仗助は飄々とした口調でかるく言う。どんなひどいことが起こってもこの少年はこんな風にやり過ごしていくのであろう――そう思わせるくらいに適当さが筋金入りである。

「仗助くん、昨日言ってたでしょ——ホル・ホースってスタンド使いの人がいる、って。その人とも会ってみたいんだけど」

そう切り出してみると、仗助はふいに天を振り仰いで、

「あ〜〜〜〜ッ。そいつがですねェ〜〜ッ。なんと言いましょーかァ〜〜ッ。う〜〜んッ。あの野郎はですねェ〜〜ッ。日頃の行いが悪くって、そうッ」

ぱん、と唐突に手を叩く。

「昔の女が現れて、責任取って結婚してくれって迫られて、それで逃げ出しちまいまして。あの女ったらしはホントもうどーしよーもないヤツで。ええ」

「仕事はどうしたの？　鸚鵡を探していたんじゃないの？」

「あー、そいつはもう駄目になっちまって。あのカワイソーな鳥は死んじまって」

「……何があったのよ？」

「いやだから、もう全部終わったことなんで」

仗助の態度はあきらかにおかしい、と涼子は思った。何かを隠している。

（しかし——）

おそらく、いくら追及しても彼は何も洩らさないだろう。ここはアプローチを変えなくてはならない。

「まあ……つまり、君は今、暇なのね？」

「そーゆーことっスね。だから先輩が行きたいところがあるなら、どこでもお供いたしますよ」

仗助は芝居のように大仰な動作で、恭しくお辞儀をしてみせた。

「私、詳しくないからどこが良いのかよくわかんないのよね——仗助くんだったら、どこがオススメかしら？」

「そーですね。まあ——あちこちありますから、手頃に近いところから回ってみません？　とにかく出発しましょうよ。そうしましょう」

なんだかやけに急かしてくる。この場から離れようとしているみたいだった。涼子はちら、とカフェテラスの方に目をやる。テーブルに残ったままだったコーヒーを店員が片付けているのが見えた。あれはなんだったのだろう、とちょっと思ったが、しかし今は気にしている場合でもないだろう——と、彼女は先刻の違和感を忘れようと思った。

——かくして東方仗助と〝運命〟は、ここではすれ違うだけで何も残らず、決着は未来へと持ち越されることになる。

*

（——あれ？）

早朝の町をジョギングしていた通行人は、その通りの隅の物陰に隠れて、カフェテラスの方をこっそり覗いている人影を見かけて、一瞬それに注目しようとしたが、すぐに慌てて目をそらした。

まずいものを見てしまったかな、という表情になっていた。しかしそれはその不自然な人影に対してのものではなく、通りで立ち話をしている東方仗助と花京院涼子の方を疑っていた。人影のことを怪しむことは一切なかった。

制服を着た警察官だったからだ。

Dの六──“Double doubt”（表裏の背理）

「こんな馬鹿な！　あり得ない！　信じられない！」

「ＮｉＮｉ。君がそうやって驚けば驚くほど、目の前のことが事実だと確信できるね――今まで見えていなかったものが見えて、ヒトがすぐに受け入れられるはずないからな」

――岸辺露伴〈ピンクダークの少年〉

1.

（くそっ、暗いし、狭いし――ッ……！）

ホル・ホースはゴミの集積ボックスの中に閉じこめられながら、心の中で毒づいた。幸いなことにゴミそのものは入っていなかったが、仗助（じょうすけ）が全体を微妙に歪めた状態で〝なおして〟しまったらしく扉が開かない。

（あの野郎、いったい何考えてやがるんだ……？）

しかしもうアイツについては悩んでも無駄だ、とホル・ホースは箱を力任せに開けることをあきらめた。

（しかたねー……ここはもう思い切って）

彼の手の中に〈皇帝〉の拳銃が浮かび上がる。横に撃つと通行人を誤射する危険があるので、真上を狙う。

隅を狙って二発、それで扉はがたん、と動いて隙間ができた。

「よっこいせいッ！」

ホル・ホースは勢いを付けて押し開ける。すると今度は力を入れすぎていたらしく、ばん、というひどく大きな音が響いた。

顔を出すと、道ゆく人たちが全員、彼の方を見ている。ホル・ホースは帽子の位置を整えながら、

「いやいや、なんでもないです。なんでもないんですよ、ハイ」

と半ばやけ気味に大声を出した。よいしょ、とボックスから出てきて、扉を閉める。歪んでいるのでうまく閉まらない。これを元に戻すためには――

「くそ、仗助はどこに行きやがった――必要なときにゃいねーんだよな、あのクソガキは……」

ぼやいて、仗助を捜しに歩き出そうとしたところで、背後から、

「……ちょっと」

という声が掛けられた。振り向くと、そこには一人の女性が立っている。

小さい頭に艶やかな黒い短髪、広い額と丸い眼が印象的な、見るからに日本的な若い和風美人だった。

「はい？」

「あなた、今――なんて言った？」

女性は細めた眼でやや上目遣いに見つめてきて、ゆっくりとした口調で質問してきた。

「は？　それは、どういうこと――」

とホル・ホースが訊き返そうとしたところで、いきなり女性が動いた。

その高いヒールの靴の尖(とが)ったところを、歪んだ集積ボックスに叩き込んで、丸い穴を開けた。

ごつっ、という鈍い音が響いた。

鋭すぎる蹴りだった。

絶句するホル・ホースに、若い女性は眉間にものすごく深い皺(しわ)を刻んで、

「今なんつったのか、って訊いてんだよ——このゴミ野郎ッ！」

とドスの利いた声で怒鳴りつけてきた。そして一歩前に出てきて、その額をホル・ホースの顔に擦(こす)り付けんばかりに迫ってきて、

「テメー今……じょうすけ、って言ったな。どーゆーことだコラ……じょうすけ、っつーのはどこのどいつのことだ？　東方(ひがしかた)仗助じゃあねーのか、オイッ！」

凄まじいキレ方だった。

（こ、こいつは——）

これをホル・ホースは知っている。この唐突な前後の脈略のない激昂(げっこう)を知っている。この瞬時に間合いに飛び込んでくるような超スピードの怒りは、前にも経験したことがある——。

「…………」

抜き身の日本刀のように尖って突き刺さってくる女性の視線を真っ向から受け止めながら、ホル・ホースは帽子をちょいちょい、といじってから、

「あのう——もしかしたら、なんですが……もしかしてお嬢さんって、仗助のお姉さん？」

と質問した。すると女性の丸い眼がさらに丸く開いて、

「あら、そう思う？」

と嬉しそうに言った。それからさらに顔を寄せてきて、ホル・ホースの顔をまじまじと眺めて、

「うーん……そうね。あんたも、そんなに悪い人じゃあないのかもね？　よく見れば可愛い眼をしてるし。うん」

と言った。態度が一瞬で一変していた。この流れも既に経験済みだった。ホル・ホースがやや疲れたように、

「それで、お姉さん――でいいんですかね？」

と改めて訊(たず)ねると、女性はくすぐったそうに笑ってから、

「あら、いやね。違うわよ。そうじゃあないわよ」

と否定した。え、とホル・ホースが訝(いぶか)しんだところで、女性はぺこり、と頭を下げて、

「私は東方朋子(ともこ)――仗助の母です」

と名乗った。

「――は？　母？」

ホル・ホースは思わず口を開いて、間抜けな声を上げていた。

「それじゃあホル・ホースさんは、お仕事で日本に来たって訳なのね」

「まあ、そうなりますね——無駄足になっちまいましたが。でも息子さんには大変に世話になって」

「いや、アイツのことだから、きっとあなたにも迷惑かけたんでしょう。いっつもそうなのよ。まったく誰に似たのかしら」

「いや——」

どう考えても母親のあんただよ、という言葉をホル・ホースは呑み込んだ。

(しかし——やっぱり信じられないな。こんなに若くて綺麗な母親がいるのかよ、あいつには——)

*

東方朋子は教師として働いているれっきとした社会人なのだが、傍目には大学生くらいにしか見えない。童顔であり、もし制服を着たら高校生と言っても通りそうだった。

二人は今、朋子が行きつけだという喫茶店に来ている。所用で駅に向かっていた朋子には、あと三十分ほど時間に余裕があるというので、その間にぜひお話をしたいと言って、ホル・ホースを半ば無理矢理に誘ったのである。逆らうこともできずに、こうして向かい合わせの席についてコーヒーを啜っているホル・ホースなのであった。そんな茫洋としている彼を朋子はま

たじろじろと見つめてきて、

「昨日の騒ぎでは父さんがうまいこと納めたから、あいつが暴れたことは目立たずにすんだらしいけど――あなたはそれに付き合わずに、素直に警察から表彰されれば良かったのに。子供たちを守ったんでしょう？」

「いや、おれは――」

ホル・ホースは実に気まずかった。仗助に引きずられただけで、彼自身はあの敵と直接に戦ったという実感がまるでないのだった。

「――でも、どうして仗助は警察の表彰を受けたがらないんですかね。お祖父さんが警官なのに」

「いや、それは逆よ。父さんが警官だから、孫のあいつは意地になって、警察から施しは受けたくないってムキになってるの。ほら、色々あったから」

「色々、ですか？」

「あら、仗助から聞いてないの？　私のせいで父さんが出世できなかった、って」

彼女はとても軽い口調で言ったので、ホル・ホースは一瞬、意味が摑(つか)めなかった。

「……え？」

「いや、私って結婚しないで仗助を生んだでしょ。それで警察の上の方から〝躾(しつけ)がなっていない〟とか文句付けられて、それで昇進をあきらめたのよ。それを仗助は根に持っているって訳」

飄々とした口調で、まるで他人事のように突き放した言い方だった。

（これも、見たことがある——）

自分のことなのに、自分のことでないように冷静な話し方をする……東方家の人間に共通する特徴だった。それが強さによるものなのか、それとも鈍さなのか、どうにも判別はつかない。

ただひとつ言えることは——。

（彼らは、この性格ゆえに他の人たちが飛び込んでいけないような領域にも、平気で足を踏み入れることができるのだろう……）

誰もが後込みする危険、無理だと引き返してしまう暗闇の中にも、彼らは突き進んでいってしまう——そういう無鉄砲で無分別で、しかし一本道を貫いているような、その血統。

「まあ、父さんは全然気にしていないし、仗助にもそう言ってるんだけどね。それを学校でからかわれたりすると、すぐにカッとなったりケンカになったりして。いっつも周囲と揉めてんのよ、あいつは」

「はあ……」

「わざと目立つ髪にしてさ、それを馬鹿にした連中とわざとトラブルを起こしたりして。思春期の反抗期なのかね、ああいうのも」

けらけらと笑う。屈託のない彼女に、ホル・ホースは質問してみる。

「そう言えば——杖助は十年前に謎の高熱を出して死にかけていた、って話でしたが」

「あーっ、あのときは大変だったのよ。医者が私に、アレルギー反応みたいだが何か変な物を食べさせたんじゃないかって疑ってきて。そんなことはしていないって言っても信じてくれなくて。その間にも杖助は熱で意識がないのに暴れてベッドを壊したりして。注射をするとどういう訳か薬液が針を刺した穴から戻ってきてぴゅううううっと噴き出したりして。もうそりゃ」

放っておくといつまでも昔の愚痴を言いつのり続けそうだったので、ホル・ホースは慌てて割り込んで、

「いや、それでそのときに助けてもらった人の髪型を真似ているってことらしいんですが。思い当たりますかね？」

「え？　いや、どーだったろう……そんな人いたかな——いや、あのときはもうバタバタしてたし。色んな人に世話になったりしたし。うーん」

「なんか大雪の中で車が立ち往生したときだって言ってたんですが」

「えーっ——大雪って入院のときじゃなくて、退院した帰りじゃなかった？　あれ、どっちだっけ——」

朋子は腕を組んで真剣に考え込みだした。ホル・ホースは単に話の流れを変えたかっただけなので、そんなに食いつかれても困る。

「いやあの、杖助はなんか適当な言い方してたんで、まったくのホラ話かなって思っちまった

だけなんで。そんな細かいところは別に——」

「——まあ、どうしてああいう髪型なのかはイマイチわからないけど、でも、あいつが初めてあの髪にしたときのことはハッキリ覚えているわよ」

朋子はうん、とうなずいた。

「あいつはずっと髪をすごく長く伸ばしていたのよ。他人に鋏を入れられるのが嫌だって言って。校則違反だって学校から注意されても聞く耳持たなくて。で、いつものようにケンカして帰ってきて、傷だらけになってて。そこに父さんがたまたま夜勤が長引いて、珍しく夕方に帰ってきたのね。で、仗助の方を見て、ふん、って鼻を鳴らして——」

『そんな髪を長く垂らしているから、左右の視界を遮られて、横からの攻撃を避けられないんだ』

「——って言ったの。無茶苦茶でしょ？　警官なのにケンカを叱るどころか、敗因の分析なんかして。仗助はそれを聞いても、うるせー、って言い返しただけだったけど——翌日の朝になったら、あの髪型になっていたのよ。確かにもう、左右には垂れていなかったわ。父さんはそれを見て、ぷっ、と笑って、変な髪だな、って——」

朋子の口元には穏やかな微笑みが浮かんでいる。優しい微笑だった。

「で、仗助も、やかましいジジイ、って言い返して――それ以来よ。それからあいつはずっとあの髪型。あれを変だって言うヤツは許さない。あの髪型を小馬鹿にできるのは父さんだけ。他の誰にも文句は言わせない――それが私の知ってる、あの髪型の由来よ」

「………」

「ま、私は結構あれって格好いいって思うから、馬鹿にする必要はないんだけどね。似合ってると思うわ。あなたはどう？」

「まあ――そうですね。あれ以外の髪をしているあいつは想像つきませんね」

ホル・ホースは眩しそうな眼で、東方朋子を見つめ返していた。

正直、彼には今の話のことはどうでもいい。その真偽にも興味はない。

ただ――仗助のことを語るときの朋子を見て、こうだったのだろうか、と考えていた。

ホル・ホース自身の母親は、こんな風に息子のことを楽しそうに語ってくれるような人だったろうか、と。

2.

十年前――まだホル・ホースがＤＩＯの部下としてジョースター一行と戦っていたときに、彼は相棒としていたボインゴに、このように述べたことがある。

『いいかボインゴ、おれは世界一女には優しい男なんだ。女に嘘はつくが、女だけは殴ったことはねえ。ブスだろうが美人だろうが女を尊敬しているからだ！』

どうしてこういうことが言えるのか、そこには明確な理由があった。それはホル・ホースの生い立ちに由来している。

彼は東欧のある国に生まれたが、その国は一九九九年現在、既に存在していない。分裂して複数の国に分かれてしまった。彼が生まれ育った町も名前が変わっているし、住んでいた通りの住人も総入れ替えになって痕跡はまるで残っていない。彼には故郷がない。

孤児である彼は親の顔も知らない。気がついたときには施設で同じような子供たちと一緒に乱雑に育てられていた。かつて国を支配していた独裁者が人工中絶を禁じたために、通りは捨てられた子供たちで溢れ返っていた。

「えーと、おまえは……〝H〟だな。ならシャワー使っていいぞ。そっちの〝S〟は駄目だ駄目だッ」

彼は施設の中では〝H〟と呼ばれていた。これは病院、という意味だった。他の大半の子たちは〝S〟で、これはストリートを示していた。この乱暴な区分は何かというと、子供に対して国から支払われる支援金の額に由来していた。つまり捨て子として通りで拾われた子供と、病院で生まれたが、そこで親が死んでしまった子供とでは施設に入る金額が異なるのだ。〝H〟の方が〝S〟よりも少しだけ多い——どういう理由でそんなことになっているのか不明だが、そのためにホル・ホースは施設の中で優遇されていた。それは自分で勝ち取った特権ではない。自分を生むのと引き替えに生命を落としてしまった母親が与えてくれたものだった。

その保護を与えてくれた母の、顔も名前も知らない——病院のずさんな書類整理のせいで記録が処分されてしまったからだ。だからホル・ホースは、その感謝の気持ちをすべての女性に捧げているのである。

施設にいられるのは限られた期間で、ろくに準備もできない内に大半の子供たちは路上に放り出されることになるが、ホル・ホースはその前に自ら志願して施設を出た。

彼には他の子供たちにはない〝余裕〟があった。スタンド能力だ。子供の頃から彼は手の中に、他人には見えない拳銃を握っていた。最初は弾丸に大人のゲンコツで殴るくらいの威力しかなかったから、間違って誰かを射殺してしまうというようなことはなかったが、成長するにつれてどんどん強力になり、十代半ばの頃には普通の銃と変わらない破壊力を持つに至った。それは裏社会の中で生きるのに絶大な効力を発揮してくれて、ホル・ホースは他の孤児たちと違って、生活にさほど苦労したという記憶はない。そして国が崩壊しそうになったら、身内のいない身軽な立場を生かして生地に見切りを付け、さっさと逃げ出して、地獄のような内乱にはまったく関係なく過ごせた。

ある意味で、ホル・ホースの人生というのは一見、とても過酷で不幸なはずなのだが、どこか決定的なところでその苦難からは逃れ続けてきているとも言えた。傷だらけの人生だが、それらをすべてプラスに変えてきた。孤児であることも、裏社会で汚い仕事をこなしてきたことも、女性を口説くときに同情を引くためのネタとして活用されているくらいだ。

利用できない傷痕(きずあと)はただひとつ——吸血鬼ＤＩＯの部下だったという決定的な過去だけだった。それは外側からでは見えない、彼の心の内側に向かって突き立てられ続けている刃(やいば)だった。

＊

ホル・ホースはいったんホテルに戻ることにした。さっき仗助にぶっ飛ばされたときに、口にくわえていた棒をなくしてしまったからだ。ホテルのバッグには予備を入れてある。それを取りに行くのだ。

(別に、なきゃないでもいいんだが——なんかあーゆーモンを口にくわえていないと、ホル・ホースじゃあねェよーな気がしてならねーからな……なんつーかもう、おれというデザインの一部なんだな、口からなんか細長いモンが出ているっつーのは)

他人にはよくわからないコダワリに突き動かされたホル・ホースが部屋に辿り着いたところで、ホテルに備え付けられている電話が鳴った。フロントからなんか言ってきたのか、とホル・ホースは受話器を取る。

「はいもしもし、二〇七号室だが」

〝お客様にお電話です。海外からのコレクトコールですが〟

「誰からだ？」

〝オインゴ様、と仰(おっしゃ)っておられます〟

「わかった。つないでくれ」

かちり、という音がして通話が外線に切り替わる。

〝も、もしもしッ！〟

やたらと必死そうな声が聞こえてきた。ホル・ホースは少しうんざりしつつ、

「なんだよオインゴ。海外通話料も高いんだぞ。わざわざ連絡してくんじゃねーよ」

〝ほ、ホル・ホースか……ボインゴはどうした？〟

「いや──」

ホル・ホースは室内を見回すが、相棒の姿も気配も何もない。

「なんか知らねーが、いなくなってるな。部屋にいろって言っといたんだが──ま、そんなに遠くには行っていないだろう」

〝とにかくボインゴの助けが必要なんだよッ。おまえたち、すぐに帰ってきてくれッ！〟

「いや、それがそうもいかなくてな。こっちでトラブルが起きてんだよ。そいつが解決したら戻るから」

とぼけ気味のホル・ホースに対し、オインゴはなおも必死な声で、

〝と、とにかく急いでボインゴに、おれが呼んでいるって話してくれッ。あいつならきっとわかるはずだ。マンガに予知がもう出ているだろうから――〟

と言いつのる。ホル・ホースは顔をしかめて、

(そのマンガがなくなってんだがな――まあ、文句言われそうだから今は言わないでおくが)

と内心で呟きつつ、

「わかったわかった。ボインゴには言っといてやるよ。ああそうだ。今度はこっちからコレクトコールするからな。んじゃ」

と言って問答無用でがちゃん、と通話を切ってしまう。

そしてバッグから細長い棒を一本取り出して、口にくわえる。うんうん、とうなずく。

「やっぱりシックリと馴染むな――これはもう本能だな」

しかし――ボインゴは自分でマンガを探しに行ったのだろうか?

(あの底無しに引っ込み思案なガキが? いつだって兄貴やおれの後ろに隠れて、びくびくおどおどしてるばっかりのヤツが――自分の意志で?)

あのジョースターたちとの死闘の中でさえ、結局は自分を信じられず、行動することができなかったのに……。

(ここS市に来て、あいつに何が起こったんだ? 肌身離さず持っているはずのマンガをウッ

カリなくしちまったり、確かにどーかしてる感じはあるが……）

仕方ない——とホル・ホースはバッグを閉じて立ち上がる。まずはボインゴを探しに行くか……。

ホテルから出て、少し考えて、微妙に人の行き来の少ない通りに向かうことにする。ボインゴはいくら前向きになっているとしても、それでもあまり他人の眼につきにくいルートを選択するだろうと考えたのだ。仗助のヤツも見つけないといけないし、なんだか無駄に込み入ってきたな——とホル・ホースが内心でぼやいた、そのときだった。

〝無駄——〟

耳元で囁かれるように、その声が聞こえた。ぎくっ、と身を強張らせて、周囲を見回す。

だが異変はない——ただ、声が聞こえたような気がしただけだ。慎重に自分の変化を探るが、この前のような異様な動悸の昂進もみられない。ただ——声が聞こえただけだ。うすぼんやりと、空耳よりもあやふやに。

（錯覚——か？　あの鸚鵡はおれがこの手でバラバラに吹っ飛ばしてしまったんだし……）

そうとしか思えなかった。内心の罪悪感が鸚鵡の幻聴を招いているのかも知れない、と。

それとも——。

3.

「花京院(かきょういん)先輩って、学校じゃさぞモテモテだったんでしょーねえ〜〜ッ。彼氏とかいるんスか？」

「受験でそれどころじゃあなかったわよ」

「でもそんなにガリ勉って感じでもねースけど。髪だってそんなにビシッ、とキメてんのに。あれでしょ、それって受験のときもそうだったんでしょ。他にそんなヤツいなかったでしょ」

「まあ——そうね。試験会場じゃあ浮いてたわね。でもこれって、別に不良のファッションじゃあないから、面接でも特に問題視されなかったわよ。あんたのは結構、目ェ付けられそう」

涼子(りょうこ)は、仗助がキレそうなぎりぎりの発言を、あえて火中の栗を拾うような気持ちで言ってみる。しかし仗助はこれには特に反応せず、けらけら笑って、

「あー、なんか時々ありますね、そーゆーことは。誤解されやすいっつーか、変な連中とつるんでんじゃあないか、とか。面倒なんで絡まれたときは、はいはい、って言ってやり過ごしますけど」

「本当かしら？　見境なく全員ぶちのめすんじゃあないの？」

「あーっ、そいつも偏見っスよぉ〜〜ッ。おれってこー見えても割と繊細で臆病なタイプなん

スから。いや本当に。動物とかも怖いし」

「野良猫とか平気で蹴飛ばしてそうだけど」

「いやいやいや。何言ってんスか～～ッ。無理無理そんなの。そう、特にカメが苦手っスよね」

「なんでカメなのよ？」

「ウチの最寄り駅の前に池がありまして。そこでカメを飼ってるんスよね。そいつがどーも怖くて怖くて」

「だらしないわねえ」

「そう言わないでくださいよ。だって連中って、がちがちの甲羅の下にぐにゃぐにゃの肉があって、その癖びろびろ皮膚の下には妙に薄くてぱりっと割れそうな脆い骨まであるんスよ。もー硬いのか柔らかいのかハッキリしてくれって感じっスよ。わかりません？　この感じ」

「全然」

「あーっ、やっぱりィィ～～ッ。共感されそーもねーって予感がありましたよォ～～ッ」

「男でしょ。カメぐらいがしっ、と摑めなくてどうするのよ？」

「う～ん。そいつはかなり高いハードルっスよォ～～ッ。触るのもオソロシーってのにィィ～～ッ」

仗助は自分の腕を抱きかかえて、身をよじって嫌がっている。その様子はとてもユーモラスで、とてもこの少年が突然にキレて周囲を破壊しまくるスタンド使いとは信じられない。

(しかし――)

こうやって特に目的もなく、早朝の通りを二人で喋りながらだらだら歩いているこの状況さえも、あのマンガの予知に書かれていたことをなぞっていることになるのだ。もしこれが予知から外れているなら、仗助はさっさと彼女の前から消えているはずで……

(私は、どうすればいいのだろう――)

もし彼女が何もしなかったとしても、予知に書かれているようなことは別の形で実現することになるのだろう。彼女が辿り着くという真実も、その場合にはちょっと違う意味でのことになるのだろう。まったく無意味なものになってしまうかも知れない。それは嫌だ。彼女が知りたいのはあくまでも花京院典明(のりあき)の死因なのだから――。

(ああ、同じことばかり繰り返して、考えている……考えるのは、もう――)

と彼女が内心の混乱と疲労を抱えながら歩いている横で、やっぱり仗助は適当な調子でへらへらしながら、

「そう言えば先輩、知ってますか?　ここの通りのケヤキって、昔はヤナギだったんだそうっスよ。おれのじいちゃんがそう言ってました。なんつーか、日々すごく変わっていってるみたいっスね。この町は」

「………」

「おれん家の周りも、住んでる間でだいぶ変わりましたからね。五、六歳の頃まではろくに家とかなかったんですが、どんどん開発されてみるみる住宅地になっていって。まあちょっと郊外に行くと、まだ昔の武家屋敷の跡とかも残ってはいるんスけどね」

「……だから？」

ちょっとイライラして、涼子はきつい口調で訊き返した。すると仗助は足を停めた。

正面に立って、涼子の眼を覗き込むようにして見つめてくる。涼子も立ち停まる。

「……どうしたのよ？」

「先輩、この世で一番ムカつくことって、いったいなんでしょーかねェ——どーしておれたちって、色んなことにぷっちんぷっちんキレてなきゃあならないんでしょーかね……」

仗助は頭をゆっくりと振りながらも、視線は涼子の眼から外さない。

「昔のものがどんどん消えていく。そいつは寂しいことだ。どうしようもないって言われても、なかなかそんな風に割り切れるもんじゃあねーし……でもね先輩、それでもやっぱり、クヨクヨ考えてもしょーがねーことっつーのは、あると思うんスよ。キレたってどーにもなんねーことっつーのは。まあ、ガマンしてるだけだと腹の虫が収まらねーから、時々は発散しますがね。でもそいつで道が切り開けるかどーかっつーと、たぶん無理だ」

淡々と、妙にふわふわとした他人事のような口調で言う。

「わ、私は——」

涼子は少し気圧されるものを感じつつも、反論する。

「私は——別にキレてなんかいないわ。いつだって冷静に考えて——」

「いや、キレてんですよ、花京院先輩——最初に会ったときからずっと、おれの前でキレっぱなしなんスよ、あんたは」

仗助は少し困ったような顔をしている。

＊

「——ッ」

涼子は胸を突き刺されたような感覚がした。的確に中心を射抜かれた、そんな気がしてしまった。

「私、は——」

「いや、我ながら変なこと言ってますけどね。なんつーんですか……おれ、割とそのヘン敏感で。他人が怒ってるかどうか、ぴんと来るんスよ。で——先輩に対しては、えーっと……」

がりがり、と後頭部を掻いてから、

「おれよりムカついている人を初めて見た、って思ったんスよ。こっちがいくら怒っても、この人の怒りに及ばない、って——」

「…………」

「いや、もちろん単なる印象っスよ？　不確かな第一印象ってヤツです。でも……やばくて取り扱いに注意、ってーのは、きっと間違ってない。そいつはおれが先輩をどーこーするって意味じゃあなくて……花京院先輩自身が、自分の怒りの取り扱いに気をつけなくっちゃあならない、って思ったんスよ。そう――おれが、割と気ィつけてるよーにね。ほっといたら全部ブッ壊すだけでお仕舞いにしかねない、この感覚を、先輩も持っている――しかも、おれよりも重症で」

「………」

涼子は、見つめられて――一歩後ずさっていた。

こいつは、何を言っているのか――いや、そうではない。そのことでは動揺していない。彼女が戸惑っているのは、こいつが指摘した事実だった。予知のマンガに顕れていた言葉。導火線に火を付ける――それが何を意味をしているのか、それを指摘されたのだと悟っていた。火を付けるのは、外側ではなかった。それは涼子の内側にあったのだ。

「わ、私は――」

ふらふら、と彼女の足がもつれて、後ろによろけていく。

目の前が揺らいでいる。炎に煽られたように、視界が歪んで見える。仗助の姿も蜃気楼のように霞んでいく。

「私は……ッ！」

彼女は、ぱっ、と少年に背を向けて、走り出した。

「ああっ、花京院先輩——ッ!?」

仗助の声が背後に遠くなっていく。必死で駆ける。赤信号を無視して道を横断するすぐ横で車が急ブレーキを掛けるが、一瞥もせずに疾走する。

(ま、マンガを——)

マンガを見なくては。未来を確認しなくては。いったいどういう風に展開しているのか、それを確かめないと——。

彼女は通りに面している、大きな建築現場の中に飛び込んだ。もちろん関係者以外立入禁止の封鎖があったが、かまわずにチェーンを飛び越えて侵入した。そこは来年に竣工する予定の、建設中の大型施設だった。かつてはバス車庫などのあった場所で、完成後は複合文化センターとして活用されることになっている。

螺旋のようにねじれながらフレームが組み合わされている中空の柱がいくつも立っていて、その周囲に建設足場のパイプが乱立している。がらん、と広い。フロアを仕切る壁はなく、完成してもオープンスペースとして開放されたままになるようだった。まだ早朝なので、今日の作業は始まっておらず、作業員は誰もいない。

人の気配がないことを確認する間もあらばこそ、涼子は大急ぎでバッグからマンガを取り出して、ページを開いた。

『ウォオオオン――
リョンリョンに拳銃をくれてやれ
リョンリョンに拳銃をくれてやれ
額のど真ん中に狙いをつけるんだ
DIOの奴隷のドタマをぶち抜け
ウォオオオン――』

そんな呪文のような文章と、カウボーイの帽子をかぶった男の絵が浮かび上がっている……自分がそいつに拳銃を突きつけているらしい……いったいこれはなんなのか?

「拳銃を、私に――?」

涼子は混乱した。理解不能なのはいつものことだったが、これまでの曖昧さに比べてなんだか指示される行動が妙に具体的な気がするが――と彼女の頭が整理されていないときに、それが聞こえてきた。その声が。

〝もう、飽きたよ――〟

確かにそう聞こえた。その声を涼子は知っていた。いや、知っているなどという生易しいものではなかった。十年前とまったく変わらないその声の穏やかで落ち着いた響きは彼女の心に喰い込んでいた。

花京院典明の声だった。

「お、おにいちゃん——!?」

涼子は顔を上げて、声が聞こえてきた方に視線を向けた。建設中の、シートや囲いで覆われた暗い空間が広がっているだけで、そこからはなんの気配も感じられない——しかし涼子はほとんど逡巡することなく、その音が聞こえてきた方に向かって駆け出していた。すべてを放り捨てて——マンガも手から滑って床に落としていたが、そのことにさえ気づかないほどに、必死で、死んだ少年の声がした闇へと突進していった。

4.

「…………」

その彼女が去った直後に、落としたマンガを拾い上げる人影があった。ぱっぱっ、と本に付いた埃を払って、そしてニヤリとした笑みを口元に浮かべた。

(あの娘が持っていたのか——だが、手に入れたぞ。これが予言するマンガ本か。これで私は、未来と過去を共に手に入れたということになるな。もはや無敵だ——何者も私の前に平伏することになるんだッ……！）

そいつはマンガを小脇に抱えて、素早く涼子が去っていったのとは違う方へと姿を隠した。

続いて、この建築現場にばたばたと足音を立てながら飛び込んでくる者が現れた。

「——花京院先輩ッ！」

東方仗助である。

彼は薄暗い周囲をきょろきょろと見回すが、しかし何も発見できない——耳を澄ませると、涼子が走っていく足音が微(かす)かに響いてくるのが聞こえた。

建築途中の不安定で剝(む)き出(だ)しの吹き抜け箇所だらけの、上の方に向かっている……。

「——ちっ！」

舌打ちしながら、彼も彼女の後を追って走り出していく。

遠くの方から、声が響いてくる——それを聞いて仗助の顔色が変わった。

〝答える必要はない——〟

その穏やかで優しい響きの少年の声は知らないものだった。聞いたことのない声だ。だが、その反響の感触なら知っている。すぐにそれと気づけないが、しかし精神に独特の波紋を生み出すような、その染み込んでくる聞こえ方は——すでに経験済みだった。

「こいつは——〈ペット・サウンズ〉の攻撃ッ……！」

あの鳥は生きていたのだ。倒したのは偽装に過ぎず、真の敵はまだ存在している——。

「グレートすぎるぜ——つーことは、つまりッ——」

この声は——花京院涼子の、心のヒーローの声……死んでいる人間の、過去からの囁き——逆らう術はない。

「くそっ、なんてこった——先輩には攻撃を喰らっているって自覚もねーっつーのにッ！」

仗助はさらに足を速める——その動作にはためらいがない。

……ためらいがなさすぎることに、彼は気づいていなかった。その心情が、十年前に己の生命すら省みずに強大な敵に挑んでいった少年の闘志に侵略されていることを認識できていなかった。

自分のものでない意志は、決して彼を強くしない……むしろ付いていけずに混迷をもたらすだけだ。

東方仗助がこれから戦うことになるのは、百年を超えて暗黒に君臨した恐怖の象徴。人々の勇気と希望を吸って闇夜を覆い尽くす悪夢の元凶——それがもたらす戦慄だった。

Dの七——“DIO”（邪悪の化身）

『これじゃ行き止まりだね。どうすることもできない……でも、なんで君は笑ってんの？』
『いやあ、これでやっと上に昇れるからさ、ＮｉＮｉ。君たちが壁と見てるのは、実は階段なんだよ』

――岸辺露伴〈ピンクダークの少年〉

1.

一八八八年の冬――イタリア出身の冒険家ウィル・A・ツェペリが、老師トンペティに送った手紙には次のような記述が残されている。

『……私は長い間ずっと石仮面を――それがもたらす脅威と対峙するべく努力を続けてきました。だが今、その見通しが根本から甘かったのかも知れない、と恐れています。見通しが甘すぎたのかもと考えてしまいます。吸血鬼と戦うことは充分に対策を練り上げてきましたし、自信もあります。ですが――私はその男と戦うことまでは考慮に入れてきませんでした。

私が想定してきた最悪の事態を超えているほどの凶暴なる精神をその男は生まれつき持っているようです。何度も更生する機会があり、愛情と信頼を与えられて思春期を過ごしているにもかかわらず、この男のどす黒さは一切鈍らず、むしろ善なるものと触れれば触れるほど、それをどう破壊するかということに練達していったようです。悪のエリート――そういうものがもし存在するとしたら、この男は正にそれです。もしかすると――私はつい考えてしまいます――石仮面の邪悪は、その男に利用されるためにこそ存在していたのではないか、と。石仮面を生み出した古代文明もその滅亡も、幾世紀を経てその男に石仮面を渡すための、定められた必然の運命ではなかったのか、と──』

……ウィルはこの手紙を受け取ったトンペティが彼のもとに駆けつける前に、邪悪との戦いで惨死することになる。彼は犠牲者の最初でもなかったし、最後でもなかった。忘却の彼方に消えていった無数の中の一人に過ぎなかった。それらの闇と戦い続けてきた意志を受け継ぐことができるのか、今生きている人間たちは常に歴史に試され続けているのかも知れない──。

＊

(しかしさっきの娘──花京院(かきょういん)みたいな髪型をしていたが、ありゃ仗助(じょうすけ)のガールフレンドなのか?)

ホル・ホースは町に戻ってきて、さっきの地域をふたたび捜し始めていた。

(なんだよ、おれがちょっかい出すとでも思ったのかな、ヤツは──それとも単に照れてるだけかな)

そんなことを思いながら通りをさまよっていたら、かーん、こーん──という時報の、鐘の音を模した電子音がどこからともなく響いてきた。

少し、どきりとする──DIO(ディオ)のことが脳裏にちらついている今、鐘の音というのは平静で聞き流せない音だった。

(そうだ——おれにとっては、あれが最後だった……ＤＩＯが倒されるまでの、その最後の記憶——十年前の、あの日……)

＊

その日——その夕刻。陽がほとんど隠れてしまって、これから本格的に夜に変わっていこうとしている、その時刻。エジプトのカイロでは、常人には決して知られることのない百年に及ぶ暗黒の戦いの決着がつこうとしていた。

そのとき、ホル・ホースは入院していた。頭部に大怪我をして、病院に緊急搬送されてから半日ほどしか経っていなかった。

「——ハッ!」

と意識を取り戻したとき、彼の横にはベッドの上で毛布を頭から被ってうずくまっているボインゴがいた。

がたがた震えていた。

「……な、なんだ——おれはジョースターたちに負けたのか……?」

ずきずきと痛む、包帯だらけの頭を押さえる——すでに縫合された傷口の感触からして、どうも自分のスタンド能力で自分の頭を撃ってしまったらしい。だが幸い、弾丸はかすっただけで貫通にはいたらず、九死に一生を得たらしかった。気絶していたのは怪我そのものよりも脳震盪を起こしたためらしい。

「……ど、どうなってんだ……なんでおれは負けたのに無事なんだ？　おい、ボインゴ」

先刻まで一緒に戦っていた相棒の方は、身体のあちこちに絆創膏を貼っているくらいで、ほとんど怪我らしい怪我もない。だが顔が尋常でないほど真っ青で、まともな健康体にはとても見えず、それでホル・ホースと一緒に入院させられているようだった。

「あ、あああ……」

ボインゴはマンガを開きながら、弱々しい声を上げている。ホル・ホースは起き上がって、

「どうした？　なにか変な予知でも――」

と彼の横からマンガを覗き込んだ。そこで彼の顔も真っ青になる。そこにはこんなことが書かれていた――。

『おしまい、おしまい、これでおしまい――

なんにもできないんだ。

なんにもやることはないんだ。

しょせんヒトなんて運命にホンローされるだけなんだ。

だからボインゴ、さっさと気持ちを切り替えて。

自分がなんにもできなかったことを嚙み締めよう。

君たち兄弟の、ここ数ヶ月の徒労を受け入れよう。

でも、ホル・ホースは素直じゃないから、アキラメきれずに外に飛び出すよね。

間に合わないけど、それでも走るよ。

へとへとに疲れ果てたところで……

がーん！

ショックな音と共に、町に鐘の音が鳴り響いた！

……やれやれ、これでやっとホル・ホースもおとなしくなって、むにゃむにゃとオヤスミさ』

——なんのことだか、さっぱりわからないが……しかし、そこにははっきりと〝おしまい〟と書かれていた。この変なマンガの表現はほとんどが曖昧なのに、そこだけ妙に断定されている。

「ど、どど……どういう意味だ、こりゃあ？」

ボインゴに詰め寄るが、彼は震えているばかりで返事をしない。

「どうしておれが外に飛び出すんだ？　そもそもおれはなんで、ノンキに入院なんかしてる？　ジョースターたちがおれたちにトドメを刺さなかったのは何故だ？　隙だらけだったはず……」

自分で言って、そしてハッとなった。そうだ……傷ついたホル・ホースたちのことなどにかまってはいられなかったのだとしたら——最早それどころではなくなっていたとしたら。

「——で、では——連中はもう……ＤＩＯと……？」

そう考えた途端、彼の全身から冷や汗がどっ、と噴き出してきた。焦燥が身を焼いた。その焦りは——。

「お、おい——まずいぞ。実にまずいッ！　もしＤＩＯがジョースターたちを返り討ちにしちまったら、次はヤツは、おれたちをも始末するに決まっているぞ……任務に失敗したんだから、その罰として、死を以て処分されちまうッ！」

「う、ううう……」

「馬鹿野郎、震えている場合かッ！　こんな病院はとっくに割れているはず——逃げるんだよッ」

ホル・ホースはボインゴの首根っこを摑んで、頭部の負傷の苦痛に耐えながら、病室の窓から外に飛び降りた。二階だったのでさほど苦労せずに脱出できた。

とにかくこの場から離れて、身を隠さなければ——予知にはまだ彼らが始末されると明記されているわけではない。おしまいというのは単に、ＤＩＯの手下としての裕福な人生の終わりという程度の意味かも知れない。そうだ、まだあきらめるのは早い——。

空はもう、すっかり暗い……日光はほとんど見えなくなっている。

ヤツの時間——吸血鬼の時間が来てしまっている。

ホル・ホースは勝手知ったるカイロの路地を駆け抜けていく。ボインゴは腕を引っ張られながら、ぜいぜい喘いでいるだけで抵抗しない。行き先として駅は当然、無理だと判断した。どこかで車を調達して、それで——と頭の中であれこれ考えていた、そのときだった。

どぉん——という鈍い音が響いてきた。空からだった。

思わずはっ、となって、深い夕暮れの昏い空を見上げる——そこで、飛んでいる。

飛び散っている鮮血が、尾を引いて周囲に舞っている——その中心で、吹っ飛ばされていた。

胴体のど真ん中に大きな穴をぶち抜かれてしまっている、それは花京院典明の姿だった。

カイロの夜空を、死につつ飛んでいく……。

「…………ッ！」

ホル・ホースの頭上で、花京院はビルの屋上に設置されている貯水タンクに叩きつけられて、大きくそれを破壊しつつめり込んで、そして……動かなくなる。

破れた穴から流れ出る水が、彼の身体を濡らしていく。

完全に即死——一撃でやられてしまった……あの花京院典明が。あの隙がなく、常に沈着冷静でどんな敵にも対応していた少年が、為す術もなく、蟻が象に踏み潰されるように……。

「う、うう……」

ホル・ホースはＤＩＯの姿を捜した。だが花京院を攻撃したはずなのに、その姿はどこにも見えない。そんな馬鹿な……ホル・ホースが戦慄していた、そのときだった。

動かぬ花京院典明が、最後に――そのスタンドを発現させていた。

閃光のように、エメラルド・スプラッシュを放った。

だがＤＩＯが見あたらないのに、その攻撃が命中するはずもない。その一撃は、近くに立っている時計塔の、その大きな針を打ち砕いたに留まった。

かあああ――ん……と、塔の中の鐘が破壊衝撃で反響して、鳴り響く。

そして……花京院のスタンドの姿が薄れて消えていく。

生命が燃え尽きていき、そして完全に失せる。

十七歳の少年は故郷から遠く離れた土地で、家族の誰も知らない内に、その若い青春をそうやって終えた。

「…………」

ホル・ホースは立ちすくんでいた。一歩も動けなかった。

さらに少し離れたところから、があん、と何かが打ち砕かれる音が響いてくる。戦いは続いている。花京院が倒されてもなお、ジョースターたちは死闘を続けている……。

「う、うう……」

ホル・ホースの喉から、音が洩れている。その横でボインゴが、うあああん、と泣きながら頭を抱えてうずくまる。

「お、おしまいだ……もうおしまいなんだ……どうあったって、絶対に、かなわない……」

そう呻いた、そのときだった。

「い、いや……違う――」

ホル・ホースが言った。え、とボインゴが顔を上げると、彼はがたがたと震えながら、花京院が破壊した時計塔を睨みつけていた。

「違う――ただ殺られたんじゃあねえ……花京院は、あいつは……時計塔を破壊したのは、断末魔のやけくそなんかじゃあなくて、あれは……」

DIOの秘密。

それをあいつは解き明かしたのだ。

そして仲間に、それを伝えた……時計を破壊するというメッセージで。

さらに遠くから、破壊音が連続して聞こえてくる。戦いが続いている。

DIOとの戦い方を、ジョースターたちはもう把握している……。

「……な、なんてこった――おれは、おれはただ服従するしかなかったのに、あいつは――自分がやられながらも、なおも……」

ぶるぶるぶる――芯からの震えがとまらない。

今こそ悟った――ホル・ホースが負けた理由を。

彼はジョースターたちと戦う前に、すでにDIOに圧倒されていた……その恐怖に屈服していた。

最初から、彼は負けていたのだ。他の誰でもない、自分自身の臆病で弱気な怯えに膝を屈していたのだった。

「おれは……」

ホル・ホースの頭に巻かれている包帯から、つうっ、と血が流れ落ちた。傷口がまた開きかけていた。そして彼は、その意識はどんどん霞んでいき……。


……そして目覚めたとき、彼はまた病院のベッドの上だった。

「…………」

この前とは違う病院だった。遥かに整然と清潔な内装――むしろここは病院ではなく、研究施設とでもいうべき場所かも知れなかった。点滴の針が身体のあちこちに刺さっている。

「起きたか、ホル・ホース――」

男の声が聞こえた。視線を向けると、そこには知っている男が座っていた。

全身、傷だらけだった。手や足の一部に欠損があるほど負傷しているにもかかわらず、その男は両眼から恐ろしいほどの精気を発していた。

「ジャン・ピエール・ポルナレフ――」

ホル・ホースは、そのかつての宿敵の顔を見つめ返した。しかしもう……まったく敵意は感じなかった。

「どうなっているか、わかるか？」

訊かれて、ホル・ホースはふう、とため息をついて、

「ＤＩＯを倒したのか……おまえたちは」

と静かに言った。するとポルナレフは少し眼を丸くして、

「どうしてそう判断した？　逆に、おれたちがＤＩＯに支配されてしまったかも、とは思わなかったか？」

「おれは——見た」

「ん？」

「花京院が——ＤＩＯの謎を……」

それ以上は、うまく言葉にならなかった。自分でも状況は把握できていない。しかしこの直感は確実であり、間違っているはずがないという感触があった。

「ああ……おれはそれを見られなかった」

ポルナレフは寂しげに首を左右に振った。

「だがジョースターさんが承太郎にそれを伝えて、それでやっと決着した——という話は聞いている」

「………」

「アヴドゥルとイギーも死んだ。おれたちは半分の人数にまで減ってしまったよ」

「…………」

ホル・ホースは眼をつぶった。全身にひどい脱力感があった。そんな彼にポルナレフは、さらに言う。

「なかなか目覚めなかったんだぜ、オメーは。カイロの路上でぶっ倒れてから、もう一週間も経っている。ところで——相棒だったボインゴとその兄のオインゴは、スピードワゴン財団に自首してきたが——オメーはどうする？」

「…………」

「前に言っていたよな、オメーは……銃は剣よりも強し。自分のスタンドは〝拳銃（ハジキ）〟だから、剣では銃に勝てない——ってな。今でもそう思っているか？　おれの〈銀の戦車（チャリオッツ）〉の剣攻撃は、オメーの〈皇帝（エンペラー）〉には通用しないか？」

ポルナレフの口調は静かだった。挑発しているのではない。それは過去を踏まえての、慎重なる確認だった。もう——とっくに見抜かれているのだ。

「……勘弁してくれ」

ホル・ホースは弱々しく唸（うな）った。

「おれの負けだ。完全なる敗北だ——どうにでもしてくれ」

半（なか）ば投げやりにそう言うと、ポルナレフは、

「ふっ――」

と笑った。その穏やかな笑みは、ホル・ホースが知っているポルナレフとはもう、どこかが決定的に違っていた。以前よりもずっと懐が深くなっている。

「少しだけ見直したぜ、ホル・ホース」

「あん？」

「すぐに生命乞いするかと思ったのに――自分の知っている秘密を洗いざらい話すから、仲間にしてくれ、って言い出すかと思っていたのに。潔いんだな」

「………」

「まあ、今のは冗談だが――今後は、スピードワゴン財団の監視をある程度は受け入れてもらうことになる。ああ――もちろん犯罪行為はするなよ」

「もともと恋愛至上主義者だよ、おれは。世界中にいるガールフレンドの間を渡り歩いて、各国の手料理を食わせてもらうことにするさ、これからは」

そう言うと、ポルナレフはまた笑った。

「そいつは羨ましいこった――世界各国か」

「ああそうだ。インドネシア、ブラジル、日本、オーストラリア、インド、それにもちろん、オメーの故郷のフランスだっておれのテリトリーさ」

減らず口を叩いてみる。あきらかにホル・ホースは安堵していて、楽になっていた。もう戦わなくていいのだ、と思うと、肩から重荷が除かれたような気がしていた。

だがそこで、ポルナレフがふいに鋭い眼差しになり、

「イタリアは？」

と訊いてきた。え、とホル・ホースが少し口ごもると、ポルナレフはさらに、

「オメーはイタリアに行ったことがあるか、ホル・ホース——あの土地に縁があるのか」

と静かに問いを重ねてきた。その両眼は、もう笑っていない。

剣の切っ先を喉元に突きつけられているような、そんな寒気が全身にぞわわっ、と湧きあがる。

「——い、いや……行ったことはねえ」

「ほんとうか？」

「あ、ああ。せいぜいマカロニ・ウェスタン映画が好きだってくらいだ……でもそれだって、観たのは英語版だけで——」

よくわからない弁解をしてしまう。完全に呑まれていた。迫力に気圧されていた。そんな彼をポルナレフはしばらく見つめていたが、やがて立ち上がって、

「そうか——」

と立ち去ろうとする。もう確かめておくべきことはすべて確認し終えた、とでもいうかのように。もはや用はない——そういうことらしい。

「ぽ、ポルナレフ、オメーは——」

と呼びとめかけて、その口を途中で閉じる。何も言うことはなかった。イタリアに何があるのか、それを訊いたところでもう、意味はない。ひとつだけはっきりしていることは、

（こいつは——まだ戦っている……おれがもう降りたのに、こいつは相変わらず、闇に通じる何者かと戦っているんだ——）

ということだけだった。

それだけでもう、ホル・ホースにはポルナレフに言えることは何もないのだった。

「平和に生きろよ、ホル・ホース——女には優しくな」

ポルナレフはそう言うと、病室から出ていった。

それが最後だった。その後、ホル・ホースは二度と彼に会っていない。

＊

……そして今、十年後のS市でホル・ホースはまた、追憶に圧倒されて立ちすくんでいる。

「い、いや——いかんいかん。ぼーっとしてる場合じゃあねえ……」

帽子を整え直して、口にくわえた棒を上下させる。気持ちをリラックスさせる儀式である。気を取り直して、ふたたび歩き出す。

そうとも、なんら気後（きおく）れすることはない。だいたいポルナレフに言われたように平和に生き

てるし、女にはもちろん、いつだって優しくしているんだし——と心の中でぶつぶつ言っていると、足下でざわざわと蠢いている模様が眼に入った。

蟻だった。

地面にお菓子が落ちていて、それに蟻がたかっているのだった。

「おっと——」

踏みそうになって、反射的に足をどけた。そこで、おや、と気づいた。

蟻が群がっている、そのスナック菓子の形に見覚えがあった。日本の菓子などほとんど知らないが、そいつだけは知っている。

「こいつは——〝タベッコドーナツ〟か？」

ボインゴが日本に到着した直後に、駅の売店に売っているのを見て、買ってくれとねだってきたのだ。ボインゴがそんなことを言うのは珍しいので、そんなにうまいのかと一個もらって食べてみたので、形は印象に残っていた。ドーナツとは名ばかりで、どちらかというとクッキーに近い食感だったが、甘みが濃くて、昆虫が好みそうな味ではあった。そして子供っぽいボインゴも、もちろん大好物だ。どうしてこんなものを知っているのかというと、その昔、日本人の観光客にもらったのだという。それで日本に来たらぜひもう一度食べたいと思っていたのだそうだ。

（もしかして——）

と蟻の線を辿って視線を動かすと、また蟻が密集しているところがあり、そこにはタベッコドーナツが落ちている。そっちに行ってみると、また菓子が別のところに落ちているのが見えた。

後を追ってみる。蟻の線は延々と続いている。そしてホル・ホースはやがて、建設途中の大型施設のところまで来た。

立入禁止の封鎖がある——だがその内側に、足跡がいくつか存在していて、その大きさと形にも心当たりがあった。

「なんか——ボインゴの靴と同じ跡のよーな気が……」

ホル・ホースは建物を見上げる。とてもとても大きい。まるで城みたいだった。数年がかりの大々的な工事であり、完成したらこの土地の名所のひとつになることは間違いなさそうな建物だ。他のビル類とは一線を画した構造のようで、外壁にコンクリートが全然なく、全面ガラス張りになるようだ。だが今は当然、スカスカの骨組みばかりである。

とにかく、迂闊に入ったらすごく怒られそうな場所であることは間違いなさそうだった。

「お、おいおい……あいつ、こんなところに入っていったのか？　そろそろ今日の工事が始まっちまうんじゃあねーのか——」

ホル・ホースが、暗い内部をおそるおそる覗き込んでみた——そのときだった。

〝――ドラァァァ……〟

上の階層から、雄叫(おたけ)びのような音がかすかに聞こえてきた。ぎょっ、とした。その音は常人の耳には決して聞こえない響きだった。

仗助のスタンドが雄叫びをあげている――。

2.

建物には階段が設置されているが、工事中のため色々な資材や荷物が積まれていたりビニールシートが貼られていたりして、とても狭い。そこを駆け上がっていった仗助は、四階まで来たところで、追っていた目標がフロアの隅の方で倒れているのを発見した。女子高生の制服姿の人物が倒れているのが眼に入った。

「う、ううう……」

背中をこっちに向けていて表情は見えない。呻き声が聞こえるが、動かない。意識はないようだった。

見たところ外傷はない――つまり、物理的に殴られたりしたのではなく、

「スタンド攻撃――かよッ」

　仗助はそこに駆け寄ろうとして、しかし……その足を停めた。

「く〜〜ッ。こいつは完全に……〝罠〟だぜ——」

　拳を握りしめて、歯噛みする。そもそも無力な涼子が誘き出されてしまっている時点で、敵の目的が他のスタンド使いを釣り上げることなのは明白——その中でこれ見よがしに彼女を放置しているのだから、他に考えようがない。

「どーやら他のスタンド使いは皆、始末して、自分だけが特殊な能力を独占しようってハラだな、この敵は——ムカつくヤローだ……ッ！」

　仗助が突撃をためらっているのは、敵が今、狙いを付けているのが自分なのか涼子なのか、それが不明だからだった。自分を攻撃されるのはいい——迎撃できる。だが涼子の方を狙われたら？

「先輩が即死さえしなきゃ、おれの能力で傷はなおせる——そこが分かれ目だ。どーするか……」

　と、ぶつぶつ言いながら——実は、仗助はじりじりと接近していた。そして床に落ちているロープをさりげなく爪先で触る。そして次の瞬間、

〝ドララララァ〜〜〜ッ！〟

スタンドを出現させて、そのロープを引き千切りながら涼子の方に投げつけた。ロープの破片は彼女の周囲にばらまかれるのと同時に、なおっていく――雁字搦めに巻きつくような形になる。

すかさず引っ張る――その場から引き寄せる。無事に救出成功……かと思われた、そのときだった。

「………………にッ!?」

ロープを引っ張っている途中で、仗助の顔が強張った。それに巻きついている人の顔がこっちを向いたのだ。

それは花京院涼子ではなかった。小柄で、子供のような外国人の男性――ボインゴだった。

女子高生の制服を着させられている――それは涼子の服を剝ぎ取ったものに違いなかった。では彼女は？

「こ、こいつは――」

ボインゴを手近に引き寄せることには成功したが、しかし――と仗助がさらに周囲に視線を走らせようとした、その瞬間……声がした。

〝クキェエエエエエ――ッ!〟

鼓膜が引き裂かれるような、怪鳥の金切り声だった。

鸚鵡の声ではない——それはＤＩＯの警護役で、館に侵入しようとする者を皆殺しにする使命を与えられていた隼、ペット・ショップの鬨の声だった。血に飢えた殺戮の叫び——それが聞こえた瞬間、仗助は全身が凍りつくような恐怖を感じ、反射的に眼をつぶってしまった。

「くっ——」

そして……再び瞼を開いたとき、目の前に広がっている光景はもう、建設途中の建物の内部ではなかった。

行ったこともない外国の、乾燥して砂っぽい暗い道——エジプトの路地裏だった。

「な……」

と頬を引きつらせると、足下から、

「ひいいい——」

という掠れた悲鳴が聞こえてきた。見ると、ボインゴが眼を覚ましていて、がたがた震えだしていた。仗助と同じ風景を見ているようだった。

「お、おいボインゴさんよッ——これはいったいドコだよ？　こいつァどういう状況なんだッ!?」

「ああ——〈館〉の、すぐ近くだ……あのときのまんまの……」

ボインゴは絡まったロープをほどこうともせずに、ひたすらに怯えている——。

＊

数分前——ボインゴが東方良平と別れて、自ら行動しないと、と思い、町をふらふらとさまよっていると、彼の脳裏に響いてくる音があった。

〝と、とと、と——〟

それはマンガ本が彼に囁きかけてくる、あの声だった。マンガが彼に〝読め〟と言ってきている——。

（な、なにかが起きようとしてる……？）

その囁きに導かれて、彼は建設途中の建物の前にまでやって来た。

しかしマンガ本それ自体はないので、具体的に何をしたらいいのかはわからない。どうしよう、と困っていると、必死な表情をした少女がこっちに駆けてくるのが見えたので、ついとっさに建物の中に飛び込んで隠れた。すると少女も建物の中に入ってきた。焦ったが、少女は彼には眼もくれず、カバンを開けるとそこから何かを取りだした——それは予知のマンガ本だった。

（あっ——）

と彼が声を上げようとしたそのとき、いつのまにか彼の背後に立っていた何者かが、彼の首筋に素早い当て身を喰らわしていた。ボインゴはたちまち気を失って——そして目覚めたら、今……こうして十年前のエジプトに引き戻されているのだった。

もちろん現実のものではないのだろう。ホル・ホースから聞いた、あの鸚鵡の能力で感覚が惑わされているに過ぎないのだろう。しかし……その迫真性は現実とまったく変わらない。

「え、えええ、エジプト——だ。あ、あああ……」

「なにい？　冗談じゃあねーぞッ。エジプトだとォ？　海外に行くなら最初は無難にハワイかグアムあたりにしとこーって思ってたのにィ。いきなりレベル高ぇ（たけぇ）よッ」

仗助がぼやきながら、周囲を見回した。

「し、しかし——この熱気……この乾燥した匂い——幻覚が濃すぎるぜ……。スタンドっつーのはパワーが射程距離に比例するってェから……問題の鸚鵡は今、ものすごく近いってことだな。このフロアか、上の階か下の階か——数メートル以内にいるとみたぜ……」

足下の道路から、じゃりっ、と砂を噛む感触がある。道路——そう、路上にしか感じられない。

「だが——だからといって無茶苦茶に攻撃しちまうっつーのは駄目だ。花京院先輩がどこに行ったかわかんねーままだ……くっそーっ、完璧ハメられちまったぜ〜〜ッ……」

仗助が歯嚙みした、そのときだった。

〝とうとう追い詰められた――とでも思っているのか？〟

闇の底から響いてくるような声が、どこからともなく聞こえてきた。

その声を聞いた瞬間――仗助とボインゴの全身に凍りつくような恐怖が襲いかかってきた。

その感覚は、十年前に殺された男の感じた戦慄の再生だった。

〝それは違う――おまえは最初から、とっくに追い詰められていたんだよ。わたしから逃げられるかも知れない、などという不可能を妄想した時点で、おまえはもうチェックメイトだったのだ〟

二人の足が、同時にがくがくと痙攣するように震え出す。もともとへたり込んでいるボインゴはそのままだが、仗助は――その身体が崩れ落ちる。

「うっ……!?」

立っていられなくなり、膝をついてしまう。この〝声〟を聞かされたときの人物の状態に陥ってしまう。

心の芯が折れてしまったような気持ち――それはもはや単なる心理を超えて肉体にまで浸食

してくる。

ぐっ、と喉元に何かがこみあげてくる。堪えきれない。

「うぶっ――うげえええ……ッ！」

仗助は、なんの前兆もなく、いきなり嘔吐していた。反吐が地面にびしゃびしゃと落ちて、染み込んで広がる路面の濡れ方も、砂に染み込んでいく速度も、その場所としか思えない生々しさがあった。

「ううっ……マジかよォ――今朝は、まだなんにも食ってねーっつーのに――」

仗助が呻いている途中で、また怪鳥音が響きわたった。

〝グキュイエエエエ――ッ！〟

エジプトの夜空から、殺人隼〈ペット・ショップ〉が飛来してくる――その周囲に白いものが浮かび上がる。

空に現れるはずもないもの――氷柱だった。

「……ッ!?」

仗助が眼を剝く間もあらばこそ、鳥はその氷柱をこっちに向けて撃ってきた。氷のミサイル――。

「くっ！」

仗助はその氷柱をスタンドで叩き落とそうとした……だが、触ることができない。それは現実には存在しない、彼とは次元が異なる攻撃であるため、弾くことができないのだった。

だが――それでも身体に突き刺さる痛みだけは、まぎれもない彼自身の感覚として襲いかかってきた。

「――ぐわっ！」

血飛沫(ちしぶき)が舞い上がる――わかっている。実際には血など出ていない。これは十年前に被害者が受けた損傷であり、それが仗助の感覚上に再生されているだけなのだ。しかし人は痛みだけでもショック死する。

「ぎゃあああっ！」

ボインゴの悲鳴が上がった。彼にも着弾していた。音を聞いている者たちには全員、均等なダメージが与えられるのだった。

仗助はつい反射的に、ボインゴの傷口にスタンドを向けてなおそうとするが――もちろん塞がらない。彼が修復できるのは現実の傷だけ――十年前に生じていた破壊の残像をなおすことはできないのだった。

「ちいっ――」

舌打ちする仗助に、さらに〝声〟が響いてくる。

〝どんな気分だ？　自分が精魂傾けて育て上げた鳥たちに殺される気分は？〟

〝いや、素直に訊いてるんだ――このＤＩＯが人間をやめてからもう百年以上も経っているんでな。実のところ、人間がどんな考え方をしているのか、半分以上忘れてしまっているんだよ。人間とは、いったいどんなときに恐怖するんだ？〟

〝わたしはこれから、人間を支配しなければならないだろう？　それが圧倒的に優れた存在となったわたしの必然――そこで、人間を支配する方法としては当面、絶対的な恐怖で抑えつけた方がいいのか、それとも多少なりとも安心を与えてやるべきか、少しばかり迷っている――そこで、おまえで実験してみることにした〟

〝わたしに恐怖をみせてくれ。人間が心の底から恐怖するとき、どのようなことが起きるのか――それを見極めるために。さあ――どこまでも怯えて、恐れおののいてみせろ。それがおまえがわたしのために行う最後の奉公というわけだ――一度でもこのＤＩＯに忠誠を誓ったからには、感情の最後の一滴までも役に立ってもらうぞッ！〟

……聞こえてくる声は、その内容はほとんど頭に入ってこなかった。

ただ――踏みにじられるような気分ばかりが洪水のように押し寄せてきて、溺(おぼ)れる……。

「――ぐ、ぐぐっ……」

仗助は膝をついたまま、立ち上がることができない。

十年前に――この声を聞いていた男は、ペット・ショップの飼い主だった男は、ここで殺されてしまった――それが事実。

それが再生されているのならば、その音を聞かされている者たちは、果たしてどうなってしまうのか？

〝キュイエエエエエエ――ッ！〟

またしても怪鳥が、氷柱の乱舞と共に急降下してくる。

避けることが絶対にできない攻撃が、仗助たちを容赦なく傷つける。腕に刺さる。腹に刺さる。腰に刺さる。腿(もも)に刺さる。しかし――

「ぐ、ぐっ――な、なんてこった。微妙に――急所をワザと外している……ッ」

仗助は苦痛に顔を歪めながら、その事実に気づいた。どこまでもいたぶる気なのだった。悲鳴を上げて、どうにかなる様子を観察されている――。

「ひ、ひいいいいっ——」

ボインゴが頭を抱えて、さらにうずくまる。その指先が、突然——濡れを感じる。

唐突に、彼らはびしょ濡れになっているのだった。

液体をかけられたところは一切、感じられなかった。唐突に、液体が彼らの周囲に出現したかのように、いきなりぐしょぐしょになっていた——これは、こういう状況をボインゴは知っていた。

(これは——この急に変化する事態の顕れ方は——DIO様の〈世界〉が……?)

DIOがなにかを仕掛けてくるとき——他の者たちは誰一人としてそれを感知できない。DIOが支配する状況の中で、ただ無防備に翻弄されるだけ——そして今、彼らに振りまかれたこの液体は……

「なんだァこれは——この臭いはッ、ガソリン……かよッ——?」

仗助が呻いたときには、もうそれが襲来してきていた。

ペット・ショップが上空から舞い降りてくる——今度は、氷柱を周辺に浮かべてはいない。

その代わりに、嘴にくわえている——一本のマッチを。

器用に旋回して、建物の壁にその先端を擦り付ける——鳥とは思えない知性ある行動で、その隼は次の瞬間、火の点いたマッチをボインゴたちに向かって投下してきた。

「ひっ——」

ボインゴは身をすくめたが、それでどうなるものでもなく——たちまち彼らの全身は炎に包まれた。

だが次の瞬間——彼の周囲が恐るべき冷気に取り囲まれた。空気そのものが凍りつくほどの絶対的な冷たさ——何もかも凍る。

氷柱を飛ばしてきているペット・ショップの能力が〈氷〉であることをボインゴは思い出していた。火は一瞬で消えた。

「え、えー……」

なんで助けられたのか、とボインゴが思った瞬間、仗助が静かに、

「いや——そうじゃあねえ。これは単に弄(もてあそ)んでいるだけ……その証拠に」

と言って指差したその先には、路面にこぼれたガソリンに点いた火が、ちろちろと燃え残っている。

「あっ——」

「そうだ……この凍結が溶けていくと同時に、あの炎がまたこっちにやってくる。どこまでも追ってきて、決して逃れられない……ッ」

彼らの全身はガソリンさえも凍るほどの冷気のために、芯(ここ)から凍えている……身動きがまったくとれない。しかしそれでも、氷は外気の熱でどんどん溶けていく。

「冷え切って辛(つら)くって苦しいのに、暖かくなると途端に焼け死ぬって寸法だ——なんてことを

考えつきやがるんだッ、この十年前のヤローはよォ——ッ……」

杖助はそう言いながら、厳冬のシベリアに裸で放り出されたような身を切る冷たさのために歯の根をかちかちと鳴らしている。

「う、うううっ——」

ボインゴの脳裏に、マンガ本に書かれていた文章が蘇《よみがえ》っていた。

『ヤッター、これで君はＤＩＯの手下からメデタク卒業ダァーッ！』

あれはどういう意味だったのか——今、ここで死ぬから、その重荷から解放される、という意味だったのか。罪悪感も後ろめたさも何もかも、死ねばおしまいだから——そういうことだったのだろうか？

（だ、駄目だ……どうにもならない……ＤＩＯ様には、結局、どうあがいたって敵《かな》わなかったんだ——）

ボインゴは杖助を見上げた。如何《いか》に不敵な少年とはいえ、この絶体絶命の窮地に、彼の顔も恐怖に強張り、がたがたと震えている。ボインゴの両眼からぼろぼろと涙がこぼれ落ちた。白く凍りついた頬がその熱い涙で少し溶けだした。

「……泣いてんのか？」

訊かれて、ボインゴは仗助の服の裾を摑んで、

「ご、ごめんなさい……ごめんなさい……ぼ、ぼぼ、ぼくが君を、こんな目に遭わせてしまったんだ……ぼくが悪かった……」

「なんで、あんたのせいなんだ？」

「だ、だって……ぼくがノコノコ外を出歩いたりしたから……ホル・ホースにも止められていたのに……ぼくなんかが、なにかできるかも、とか思うから……どうしようもないのに、きっとどうにかなるって、思ったりしたから……」

ボインゴがぼそぼそと、弱々しくそう言ったとき——仗助が、

「ふん——」

と鼻を鳴らした。

「くだらねーこと言ってんな、あんたはッ。どうしようもないのに、どうにかなると思ったァ？　ンなの最初っから無理に決まってんじゃあねーかッ。どーにもなんねーから、どーしよーもねーことなんだろーがッ！」

「う、ううっ——」

「なァにが〝ぼくなんかが〟だよッ。あんたがどーこーって問題じゃあねーよッ。どーにもなんねーことを前に、誰がどーだこーだなんて関係ねーんだよッ」

喚きながらも、仗助はがたがた震え続けている。

「コイツもそーだッ。この攻撃——こんなもん、どう足掻いたって抵抗不可能だ——打つ手が存在しねー。十年前に成功している攻撃の再生なんだ。どうやっても防ぐことなんて出来っこねーんだッ。もちろん怖いッ。怖いものは怖いッ。そいつはどーしようもねーッ——だから」

仗助がそう言ったところで、とうとう地面でちろちろと燻っていた炎が、溶けだしたガソリンの溜まりに点火して、大きく炎が燃え上がった。

うわああっ、とボインゴが悲鳴を上げる横で、仗助は言いかけた言葉を最後まで言う。

「だから——攻撃そのものは無視する」

彼がそう言い終わるのと同時に、二人の全身が炎に包まれる。その激烈な高温と衝撃で彼らの身体は自分でも制御できなくなり、のたうち回って暴れ回る——生きながら焼き殺された男の苦痛がその身に憑依して、死へ引きずり込まれていきそうになったところで……乱暴に突き倒される。

比喩ではない。

錯覚でもない。

過去でもない。

歴然とした現実の現在で、二人は同時に、ばったーん、と大きな音を立てて床に倒れ込んだ。

床——それはもうエジプトの地面ではなかった。

M県S市の、建築途中の複合施設の、工事中の塵が積もっている埃っぽい床だった。

「……ぐうっ！」

という呻き声を上げる仗助の声は詰まっている。

「うえええっ！」

というボインゴの声もまた、詰まっている。

それというのも、二人とも喉が絞められていたからだ。

彼らの首に、なにかが巻きついている——二人共に絡みついていたので、彼らが燃えてしまったと錯覚して暴れ回ったときに、それが互いに互いを引っ張り合って、両方の喉を締め付けたのである。

呼吸が途切れて、そして意識が一瞬だけ薄れて——それと同時に、彼らの精神に喰い込んでいたペット・サウンズの呪縛も解けたのである。

その絡みついているものとは——ロープだった。

仗助が先刻、ボインゴを引っぱり出したロープ——それが絡み合うような形で、二人の首に巻きついていた。

よく見るとそれは、ところどころがリングになって一体化している。出来損ないの知恵の輪のように、いったん千切られた後で、奇妙な形に融合していた。

「う、うえええ——こ、これって……」

ボインゴが呻いている隣で、仗助も喘いでいる。

「うげげ……そ、そうさ——攻撃を喰らう寸前に、おれたちの喉に巻きつくように〝なおして〟いたんだよッ——首を絞められたら、どんな幻覚を見せられていようと、一発で正気に返るに決まっているからな——息が停まって、頸(けい)動脈が脳に血液を送れなくなったら、何も感じられなくなるから、だッ……だから言ったろーがッ」

仗助は立ち上がりながら、ロープを乱暴に引きむしる。

「どーしよーもねーことに、まともにぶつかったって無駄なんだ、ってな。そーゆーときはどうにかしようって突っ込むんじゃあなくて——テキトーに誤魔化せる方法を考えるんだよッ」

仗助はボインゴのロープもむしりとってやりながら、しかめっ面で不快そうに言った。

「…………」

ボインゴは助けてもらいながら、この奇妙な少年のことを見上げていた。

なんだろう——明らかに自分よりも遥かに強くて、度量も広くて——それでもこの少年がなんとなく〝自分と同じ〟だと思った。

自分と同じようなことを感じている……幼い頃に同じような困難にぶつかって、それから同じように、どん底から連れ出されたことがある、と。

そう、それは自力ではなく、他の誰かに救われたことがある——ボインゴにとっての兄のような人が、この少年にも確かにいるのだ、と。

「…………」

ボインゴが茫然としているところに、階段の方から、かんかんかん、という足音が響いてきた。

振り向くと、そこから飛び出してきたのは、カウボーイハットを被った男だった。

「な、なんだよッ——どうしたんだッ！」

ホル・ホースが二人を見つけて、手の中に〝拳銃〟を浮かび上がらせて駆け寄ってきた。

3.

（なんだとォ——逃れやがった、だとォ——？）

ペット・サウンズをその腕に留まらせた男は、仗助たちがげほげほ咳き込んでいる程度しかダメージを受けなかったことに驚いていた。

（なんなんだ？　あいつの能力は——予想外の変化をしやがった……だが）

ぎりぎりぎり、と奥歯を噛み締めてから、男はにやりと笑った。

（これでもう底は割れたな——次はないッ。次の戦術で確実に、あいつらは皆殺しだッ）

男の耳たぶには嘴に囓られた跡がある。それはペット・サウンズに噛まれたものだ。

身体の一部を鸚鵡に与えることで、その能力を共有しているのである。

ＤＩＯが改造した動物のスタンド使いたちは、その精神の〝容量〟が人間より少ないために、行動が制限されてしまうという欠点がある。たとえば隼（ハヤブサ）のペット・ショップは極端に凶暴化してしまい、いったん敵と認識してしまったら始末するまでは自らの限界を超えてまで殺戮せずにはおれなくなるという弱点があった。強引に植えつけられたスタンド能力に正常な本能が浸食されてしまうために、生物としてのバランスを欠いてしまうのだ。

そして鸚鵡のペット・サウンズも、その記録する性質から、記憶していくだけで容量を使い切ってしまって、それを〝どう使うか〟という機能がない。だから〝制御装置〟として別の思考を必要とする。

鸚鵡に肉体の一部を提供した者は、魂の一部が連結されて、スタンド能力のもう一人の本体となる。その性格が能力の内容に反映されるようになる……自らの精神の研鑽（けんさん）と錬磨から生み出した能力ではなく、なんの素質もなく、なんの裏付けもなく、なんの労力もなく、なんの代償もなく——ただ、棚ぼた的に安易に拾っただけの超能力。

無責任にして無分別なそのパワーの行使に、この術者はなんの罪悪感も重圧感も感じていない。

「シィング、シィング、アルティメット・シィンガー——♪」

酔っぱらいのように鼻歌を歌いながら、気楽そのものの態度で危険きわまりない過去を穿り（ほじく）回していく——。

＊

「いったい何が起きてるんだ？　おい仗助――」

ホル・ホースは〝拳銃〟を油断なく構えながら、二人の方に接近していった。

するとー―仗助がいきなり彼の方に鋭い眼で睨みつけてきて、

『――ドラア！』


と、そのスタンドでホル・ホースの顔面を容赦なくぶん殴ってきた。ホル・ホースはたまらず吹っ飛ばされてしまう。

「な、なな――なんだよッ？」

訳がわからず、ホル・ホースが眼を白黒させていると、仗助が、

「安直に拳銃振り回すんじゃあねーよッ。まだ人質にされた花京院先輩がどこにいるかもわかんねーんだぞッ！」

と怒鳴りつけてきた。

「だ、だからってイキナリ殴るこたあねーだろッ。口で言えよッ口でッ！　うーっ――奥歯が折れちまった……」

ホル・ホースはふらふらしながら立ち上がる。そこで仗助が無愛想に、

「もーなおってるよ——愚痴っぽいヤツだなッほんとに」

と言った。ホル・ホースは顎（あご）に手を当てて、感触を確かめる。そして顔をしかめて、

「ったく——どーにも馴染めねーよなッ、オメーの能力ってよォ——なおせるからって簡単に暴力に頼りすぎなんだよッ——で、花京院先輩ってのは、さっきの女の子か……どうなってる？」

「ペット・サウンズだ——あの鸚鵡は生きていたんだ。あんたが前に撃ち殺したと思ったのは、きっと剝製（はくせい）かなんかのカムフラージュだったんだろーぜ」

「マジかよォ——まあ、どうもうまく行きすぎてた感じがしてたんだが……しかしそうなると、真犯人は——」

とホル・ホースが言いかけた、そのときだった。

吹きさらしになっていて、丸見えになっている外の空に、すっ、とよぎる影があった。

大きな鳥のようだった。それは上から下へ、降下していった。

「あっ！」

と三人がそれに注目したところで、さらに、
ずざっ……

とフロアの片隅から革靴がコンクリートの上に積もった塵を踏みしめる音が響いてきた。

振り向いたときには、女子高生が——花京院涼子が物陰から飛び出してきていて、そして三人には眼もくれず、必死な様子で階段のところに向かって、そのまま上階へと駆け上がっていってしまった——あっという間のことで、誰も反応できなかった。

「ちっ——」

舌打ちしつつ仗助が後を追って階段を向かっていく。

「お、おい——」

「あんたは鳥を追えッ——おれは先輩を助けるッ。どーも正気じゃあねえらしいッ」

「お、おうっ——わかった!」

ホル・ホースはフロアの端の部分に行って、外に身を乗り出した。

鳥が滑空して、下の階へと入り込んでいくのが見えた。ホル・ホースは縁に掴まって、下の階へと飛び降りた。

「あ、あの——」

ボインゴが声を上げたときには、もう二人ともフロアからいなくなってしまっていた。

(で、でも……こ、これって——まさか……)

分断させられたのではないか——その事実に気づいたのはボインゴだけだったが、それを二人に告げることはもはや彼には不可能だった。

*

「よいしょっ、と――」

ホル・ホースは掛け声と共に数メートル下の階のフロアに飛んだ。直に足だけで着地すると膝に負担が掛かりすぎるので、柔道の受け身のように回転しつつ全身を使って降りる。彼は他のスタンド使いたちとは違って、能力で肉体的負担を受け流すことができないので、体術に関しては自然と練達している。パワー系のスタンド使いの中には、ほとんど空を飛んでいるとしか言いようのない行動ができる者さえいるが――彼がかつて戦っていたジョースター一行の者たちはほぼ全員がそのレベルだった――彼の行動半径は常人そのものである。

素早く身を起こして、確かに今、この場所に舞い降りたはずの鳥の姿を捜す――その顔が強張る。

「な、なにィィ――ッ？」

彼の足下に転がっているのは一枚の、薄っぺらな紙――凧（たこ）だった。

鸚鵡に似せて作られた、骨組みさえ適当な凧――ほとんど紙飛行機並みのチャチさだった。

馬鹿みたいに単純な手口でまんまと騙（だま）された……しかしホル・ホースが愕然（がくぜん）としているのは、その凧に対してではなかった。

彼の前方に立っている、ひとつの人影のためだった。

少女だった。

彼女は服を着ていない——制服は脱がされて、下着姿になってしまっている。

ゆらゆらと不安定に揺れている……視点は茫洋と定まらず、明らかに意識がなく、心此処にあらず、という状態だった——その少女のことをホル・ホースは知らなかったが、その特徴的な髪型は知っている。

「か、花京院——？」

その少女は、ただ立っているのではなかった。

その前屈みになっている顔には、あからさまな異物が侵入していた……唇の間に挟んでいるものがあった。

彼女は、小型拳銃の銃口をくわえているのだった。

自殺寸前の人間の如く、だったが——自分の意思ではありえない。両手で銃把を抱えていて、引き金に右手の親指が掛かっているが、そこに力が込められているのかいないのか、まったくわからない……そして身体のあちこちがぴく、ぴくぴく——と痙攣している。いつ引き金を引いてしまうのか、危ういことこの上ない。姿勢は硬直したように固定されているが、催眠効果によるものだとしたら、筋繊維の疲労からくる不随意な反応を制御するものは何もない。

まるで爆弾だった——いつ爆発するかわからない危険物……しかし、彼女がここにいるということは――

「じょ、仗助が追って行ったのは――それじゃあ、今、アイツは……!?」

＊

――花京院涼子が階段を駆け上がっていく音が仗助のもとに響いてくる。彼はその後を追って、上階へと昇っていく。

だが――その終点、屋上まで来たところで仗助はやっと自分が嵌められていたことを悟った。屋上に飛び出して、どこにも彼女の姿がなく――そして周囲を見回したところで、やっと気づいたのだった。

さっき――走っていく花京院涼子の姿を見たとき、彼女はどんなだった？

ふつうに制服を着ていなかったか？

だが彼女の衣服は剝ぎ取られて、囮にするためにボインゴに着せられていたのではなかったか？

では――さっきの走っていった影は、あれは、あの足音は――。

「直前の過去を〝再生〟して――」

仗助がそこまで言ったところで、それが生じた。

その声がした。

〝オープン・ザ・ゲーム！――というんだろう、こういうときは？　なあダニエル・ダービーよ――〟

吸血鬼の甘く冷たい囁きだった。それが聞こえてきた瞬間、仗助の意識は過去の世界に吹っ飛ばされていた。

（な――）

自分は今、ねっとりと熱い空気の中でテーブルの席についている。さほど大きくない丸テーブル――ポーカーをするためのテーブル。

そして自分の前に、顔に暗い紗が掛かっているかのように表情が読めない影が座っている。

（こ、こいつはッ……？）

どうやらこの〝声〟をかつて聞いていた者は、その影とポーカー勝負をさせられているらしい。

「このダービーにポーカー勝負を挑むとは……失礼だが、あなたは優れたスタンド使いかも知れないが、いささか無謀というものですな、ＤＩＯ様――とやら？」

自分は自信たっぷりに言っている。その声はこの〝攻撃〟の中では弱々しい残響のひとつに過ぎない。なんの力もない――影の声はさらに続く。

〝ダニエル、君の弟のテレンスは既に私の忠実なるしもべだが――君はあくまでも、このＤＩＯとも対等の立場でありたいというんだな？〟

自分はうなずいている。

「そうだ。それが私の絶対の矜持――私はあくまでもギャンブラーだ。一対一の賭け。それにすべてを込めるのが私の生き方だ。弟とは違う――確かにスタンド使いとしてはテレンスの方が強力かも知れないが、ことギャンブルに関しては私の方がずっと真剣に――」

言っている途中で、もう相手は聞いていない。唐突に話を変えてしまって、

〝ところでダニエル――気になっているんだが。まさかとは思うが――君は子供の頃の愛称が〈ダニー〉だったりしなかったか？〟

と変なことを言い出す。あ？　と訝しんだところで、影はさらに、

〝わたしはその名前が大ッッッッッ嫌いッなんでな――虫酸が走るんだよ、ダニーなんていう品のない名前は。その名前をしているヤツは、針金でぐるぐる巻きに縛り上げて、箱に詰めて、

焼却炉に閉じこめて、生きながら焼き殺してやりたくなる――どうだ、ダニエル……君は、ダニーだったのか？〟

というその声が、首筋に吹きかけられる吐息のようにこちらの鳥肌をざわわわっ、と立たせてくる。

「い、いや……私はずっと、ダービー、と呼ばれているだけだ。ダニーなんて言われたことは一度もない」

〝それはよかった。おめでとう。生命拾いしたな〟

声は素っ気ないくらいにかるく言う。生殺与奪の話のはずなのに、それはまるでコーヒーはやっぱりホットの方が香りがいいだろう、という程度の言い方だった。

「……むう」

既に、恐怖はしている――このダービーという男は底の知れない影に対して戦慄している。だが、決定的に畏怖しているという程ではない。

おそらく仮にここで単なる武力に殺されても、勝負師としての誇りを守れればそれで良し、という強い自尊心を持った男なのだろう。ここでやられるのは恐ろしいが、それに打ちのめされてはいない——彼は奥歯を噛み締めながら、トランプカードを自分と影に配り始める——ポーカーの開始だった。

もちろん、彼はイカサマをしている。

真の真剣勝負のギャンブルに於いてイカサマは罪でも悪でもない、とダービーは考えている。イカサマを見抜けない方が負けなのであり、騙された方が愚かなのだというのがダービーの勝負哲学だった。

配られたカードには、容赦がない——ダービーの手はAのファイブカードだった。一枚しかないジョーカーを含んだ最強の手である。

(それに対して相手の手は何も揃っていないブタ——このダービーの精密無比なデッキ操作術を以てすれば、この程度はなんでもないッ——)

影の方は、自分の手のひどさを見て、おう、という嘆息を洩らした。ポーカーフェイスもへったくれもない、素人そのものの様子だった。ダービーは怒りを感じて、一瞬、相手を睨みつけた。

そして自分の手を確認して——そこで凍りついた。

手の中の札が、いつの間にかみんなブタになっていた。

そして相手をまた見て——絶句する。

相手の持っている札に、その裏側に、はっきりと指紋がついている。その指紋の色は真っ赤

――血の痕だっ た。

（――って、誰の……）

痛みを感じる。指先がちくちくする。見るまでもない……ダービーの両手は血まみれになっているのだった。十本の指先すべてがぱっくりと割れていて、そこから出血している――その血の痕が、相手の持っている札についている――ということは。あれは。

（あれは――そしてこの私の札は、確かに今、相手に配ったはずのブタ……なんだこれは？）

いったい何が起こったのか？　すり替えられたのか？　だが一瞬の隙さえダービーは見せなかったはずだった。いつの間に、彼の両手に十もの傷を付けて、かつ、札をすべて奪い取って、自分の札と入れ換えることができるというのか？

不可能であり、不条理であり、不合理だった。あらゆる方程式がそんなことはあり得ないと告げるはずの事実が、目の前で無造作にねじ曲げられていた。

（なんなのだいったい……こ、これがＤＩＯの〈世界〉……？）

動揺と混乱の極限にあるダービーに、影は優しい声で囁いてくる。

〝気に入ったよダニエル・ダービー……イカサマのカードを配るときの躊躇いのなさ、そのさりげなさ――勝負師としては超一流だと認めてやろう。だから――この勝負はおまえに勝たせてやる〟

え、と顔を上げると、さらに影はうなずいて、そして手の中の札を表に晒した。

まったく揃っていない――ブタの手だった。

そしてダービーの手の中には――指紋がべったりと付いたAのファイブカードが再び、何事もなかったかのように揃っていた。

〝いいかダービー――この勝利は『貸付』だ。おまえはこのＤＩＯに勝った以上、もはや他の誰にも負けることは許されなくなったと知れ。おまえが負けるときは、わたしの顔に泥を塗ったのと同じ。もう――おまえは遊びであっても、ワザとでも、決して負けられない。おまえが負けるときは――それは崩壊を意味する〟

「…………」

ダービーの全身は冷汗でぐっしょりと濡れていた。体重が一瞬で三キロ以上落ちてしまっていた。もはや彼にあるのは自尊心でも意地でもなかった。

そこにあるのはただ、ひたすらに蹂躙されたという実感だけ……敗北感ですらなかった。空気を吸わないと生きられない、というような素朴そのものな認識があるだけだった。

ＤＩＯに従わないと死ぬ――それが心にどうしようもなく深く刻み込まれて、それ以外のあらゆることがなにもかもが無駄になっていた。

突進も無駄。

撤退も無駄。

努力も無駄。

抵抗も無駄。

奮起も無駄。

憤怒も無駄。

悲哀も無駄。

後悔も無駄。

無駄も無駄。

「…………」

茫然としてしまって、一歩も動けない。彫像と化したかのように、まったく身動きができない――。

――その十年前の実感を〝再生〟させられている東方仗助もまた、まったく動けなくなってしまっていた。

（う、ううっ――）

ほんとうにぴくりともしない。指先ひとつ、瞳孔の拡大と縮小さえ自由にならない。壮絶そのものの絶望が肉体の自由を根こそぎ奪い去っていた。

その彼の、現実の世界の方ではだらんと立ちすくんでいるだけの、その背後から近づいてくる者がいる。

警察官の制服を着ている——本物の警官である。

仮頼谷一樹（からいやかずき）——それが男の名前だった。だが自らの心の中で、彼は自分のことを〈アルティメット・シィンガー〉と名付けて、呼んでいる。

迷いのない足取りで、仗助の後ろから接近していく。その手に握られているものは、鋼鉄さえも溶接、溶断することができるアセチレン・トーチだった。超高熱を発し、この工事現場でもっとも強い破壊力を持つ——。

4.

……花京院涼子の意識は、どこともしれない無重力の空間にふわふわと漂っていた。

（ああ……これは）

建設途中の施設を駆け上がっていった彼女のところに聞こえてきた声が、彼女をこの茫洋とした世界に送り込んだ。知らない若い男性が、とても必死そうに、

〝敗北を認めるんじゃあない、花京院ッ！〟

と呼びかける声だった。その声が聞こえた瞬間――彼女は何もない空間に放り出されていた。

その声を十年前に聞いた者が陥ったのと、同じ状態になっていた。

その者は――魂だけを切り離されて、この底無しの空間に閉じこめられていた。

（ああ――あの人は……）

涼子の前に、その人が同じように浮かんでいる。通常のペット・サウンズの能力であるなら、それは感覚上の幻覚に過ぎず、一方通行の伝達のみのはずだったが、この被害者は特殊な結界のようなものに魂を封じられてしまったので、その相乗効果が不思議な現象を生んでいるようだった。二つの能力が重なったことで生まれた波紋。

それは――その者は過去のはずなのに、現在の花京院涼子の方を向いて、そして彼女に気づいた。

「君は――どこかで見たような気がする……」

その少年はそう言った。彼の眼の上に傷痕があるのに、涼子は気づいた。それは見たことのない顔だった。いや――正確には見たことはある。だがそれはもう、彼の遺体がエジプトから搬送されてきて、故郷で葬式に出されるときに見たものでしかなかった。彼が生きているときに、その傷があって喋っている彼を、涼子は見たことがない。

「おにいちゃん——？」

彼女がそう言うと、少年は、ああ、という顔になって、

「そうだ——涼子ちゃんに似ているんだ。ずいぶんと大きいけど……君もあのスタンドにやられて、この空間に閉じこめられたのか？」

「わ、私は……」

涼子はなんと言っていいのかわからない。少年はそんな彼女に、

「こんな風になってしまっているぼくが言っても説得力はないが……まだ諦めるのは早いかも知れないよ。ぼくの仲間たちがまだ戦っているはずだ。彼らなら、ぼくたちを助け出してくれるかも知れないから」

仲間、という言葉を聞いて、涼子はぎゅうっと胸を締め付けられるような怒りを感じた。

「で、でも——その仲間って連中が、おにいちゃんをこんなところまで連れ出したんでしょう？　こんな、危険な場所に……」

唇を歪めながらそう言うと、少年は少し眉をひそめて、

「君は……何か違うな。戦いに破れて、ここに引きずり込まれたんじゃあなさそうだ——どこか別のところから来ているみたいだ」

と言った。その物静かで冷静な判断力は、彼女が知っている彼そのものだった。

「私は――私のせいで、おにいちゃんは……」

彼女がすがりつくように言うと、少年は少し悲しそうな顔になった。

「もしかしたら、君はぼくの無意識から生まれた幻影なのかも……涼子ちゃんに似ているのも、どこかでＤＩＯの呪縛に落ちたときの責任を、彼女にも押し付けたいと思っているから、なのでは――」

「だ、だって――だってそうでしょう！　その通りだわ。悪いのは……」

「いや、それは違う。涼子ちゃんのせいではない。すべてはぼくの弱さから来たことだ。精神的に未熟だったから、ＤＩＯの言いなりになってしまっただけだ。肉の芽を植え付けられても、真に強い精神さえあれば、自我を保つことはできたはずだった……恐怖に屈してしまったのはぼく自身で、他の誰でもないんだ」

少年は淡々とした調子で言う。それから顔をしかめて、

「そうだ……今もまた、それを痛感している。せっかくＤＩＯの館にまで到着できたというのに、ヤツの手下のスタンドにハメられて、こんな風に魂を封じられてしまって……ぼくは弱い」

苦い表情でそう言った。

「おにいちゃんは弱くなんかない！」

涼子は思わずそう叫んでいた。幻覚の中だというのに、彼女は涙を流していた。

悔しかった。

もう一度会えたらどんなに嬉しいだろうと思っていた人に会えたのに、全然言いたいことを言えずに、ただ相手の苦しみを増やしているだけのような自分が、とてもとても腹立たしかった。

そんな彼女に、少年は優しく微笑んできて、

「ありがとう。でもぼくは、そんなに自分の弱さを嫌いではないんだよ、もう」

と奇妙なことを言い出す。

「え?」

「ぼくは弱い……それを認めたところから、やっと少しだけ、自分のことを許せる気がしているんだ。ぼくはずっと自分があまり好きになれなかった——他人にはない特殊な能力を持っているから孤独で、誰にも心を開けないと強がっていた——だがそれはほんとうは、寂しいという気持ちを受け止められない弱さだった。スタンド能力なんて関係なかった。ぼくは弱虫なだけだったんだ」

少年は穏やかな表情をしている。

「おにいちゃん——」

彼女は、少年のそんな表情を見たことがなかった。いつもどこかに影があって、秘密があって、満たされない想いがあったのに、今の彼には——まっすぐに前を見る揺るぎない視線があ

った。太陽光を正面から受け止めているような輝きがあった。

そして——少年の身体が空間の中で、ゆらゆらと陽炎のように霞んでいく。

「ああ——どうやら承太郎たちがあのテレンスという敵に勝ったようだ。ぼくの戦いは幸い、まだ続けられるらしい——」

「で、でもおにいちゃん——もしかしたら……」

もしかしたら、この空間の中に閉じこめられたままでいたら、この後で戦わなくてもいいのではないか。そう……死なずにすむかも知れない。まだその方がいいのではないか？

「もしかしたら……なんだい？」

少年が訊き返してくる。その眼を見て、その精気溢れる眼差しに晒されて、涼子は——

「も、もし——いえ、いいえ、いいえ——きっと勝てるわ！　おにいちゃんならきっと、仲間の人たちと一緒に勝てるわよ！　うん、絶対に大丈夫——」

——そう口走っていた。

少年はそれを聞いて、うなずいて、

「君に会えて良かった——もしも本当に君が未来の涼子ちゃんだとしたら、君は大きくなるまで無事で——それはぼくらの旅が無駄には終わらなかったということになる。だから君を信じよう。ありがとう——」

そして空間全体もまたぼんやりとした灰色に変わっていき、少年の姿はその中に消えていく。

「ま、待って——私は、私はまだ、ほんとうに言わなきゃいけないことを——」

涼子が叫んでいる声は、自分の耳にさえ届かないほどに小さくなっていき……。

＊

「う、ううっ……こいつは——」

ホル・ホースはおそるおそる花京院涼子の側に接近して、拳銃を口の中に突っ込んでいる彼女から危険を取り除こうと努力していた。

がっちりと両手で銃把を握りしめている——その指を剝がそうとするのは難しかった。

「くそ——ほんのちょっと引き金に力が加わっただけで弾丸が出ちまう……」

もぎ取る——それしかない。だがそれには涼子の腕の力がホル・ホースの握力よりもずっと弱い必要がある。もちろん通常ならばか弱い少女の筋力などたかが知れているから問題ないが……今、涼子は普通の状態ではない。

「だが、やるしかねえ——」

彼が拳銃をがしっ、と握りしめたところで、突然——意識がどこかに飛ばされてしまっている涼子の両眼から、ぼろぼろと大粒の涙が次々と溢れ出した。精神が切り離されているのに、肉体が勝手に反応している。

「ううっ——やめてくれよ。おれは女に泣かれるとキツいんだよ。手先が乱れちまう……頼むから止めてくれ――」

ぼやきながらも、ホル・ホースは拳銃を取り上げようと力を込める。

案の定、涼子の身体はあり得ないほどの力で固定されていて、びくともしない。下手に力を込めすぎると彼女の身体に損傷が生じる恐れがあるが――。

「いや、やむを得ないかも知れん……腕の筋を切って、指に力が入らないようにすれば……」

死ぬよりはマシだし、仗助がすぐに来られればその傷も治せるだろう。だがその仗助は今どうなっているのか。

上の方は静まり返っていて、ほとんど物音がしない……少なくとも戦闘している気配はない。ということは確実に、あいつはまだ敵を倒せていないのだろう――果たしてここに来られるのか？

「どうする……？」

ホル・ホースは決断を迫られていた。

5.

仮頼谷一樹がどうして自分のことをアルティメット・シィンガーと呼んでいるのか、究極の存在、という意味の、こんな過剰な異名をどうして必要とするのか、そこに彼の心の闇がある。

彼の精神の根底にあるのは〝軽蔑〟の感情である。

彼は学校の成績も並みか微妙に下か、という程度だったし、運動神経も決していい方ではない。しかしそれでも、彼は心の底から他の人間たちを軽蔑している。根拠なく自分だけが世界一の立場にあって、他の連中は残らず下らないと考えている。

彼にそういう考えを植えつけたのは、彼の祖父……仮頼谷茂儀造(もぎぞう)である。彼は変わった男だった。第二次世界大戦に従軍していたこともあるほどの年寄りなのに、とても若々しく頑強な肉体を持っているかと思うと、紫外線アレルギーだと言って、常に顔に厚いドーランを塗っていて、決して日中の外を出歩くことがなかった。いつも離れの部屋にこもっていて、昼間は誰も近寄らせなかった。家族と食事を取るのは夕食だけだった。それ以外に何か食べている様子もないのに、別に栄養失調になるようなこともなかった。化粧をしていて夜しか出歩かないことを除けば人当たりも良かったので、仙人のようだと近所では言われていたが、しかしその内心を茂儀造は、孫にだけは見せていた。

「いいか一樹――どんなに他人が優しそうに見えても、絶対に連中に心を許してはならん――一皮剝けばどいつもこいつも、どす黒い闇を抱えているからだ。儂(わし)はそれを我が身を以て知っている。人間などという生物がどれほど汚れていて浅ましく愚劣なのかを、な――いいや、他の連中は儂が戦争でおかしくなったと思っているようだが、儂は戦前からの軍人で、戦争などは単なる遊戯に過ぎなかった。儂が真実に出会ったのは、開戦の数年前――諜報任務で派遣されていたスイスのサンモリッツでのことだ……儂はそこで、万物を超越するとはどういうことなのか、目の当たりにしたのだよ――」

　その話をするときの祖父の眼はぎらぎらと妖しい輝きを放っていて、他の家族たちに見せる穏やかな眼差しとは決定的な断絶があった。

「いいか一樹、頂点とはつねにひとつなのだ。そしてその頂点を目指す者は、くだらぬ誇りや信念などにこだわらず最終的に、勝てばよかろうの気持ちでいれば良いのだ――儂にそれを教えた者は遠い遠い虚空の彼方に去ってしまったが、俗社会の者たちが儂の触れた真実を残らず消してしまおうとした中で――儂だけは隠れて、逃げ延びることに成功したのだ。儂は誰も信用しておらん。儂は覚醒する前には既に結婚して子を成していたから、おまえの父も、儂から真実を受け継いではおらぬ――だが一樹、おまえだけは、おまえがもう少し大きくなったら、儂の身体の中に流れるエキスを分けてやろう。そうすればおまえも儂と同じように、この世の真実に触れて、世界の頂点に立つ資格を得られるのだ」

　そう言って祖父は顔を拭ってみせる。その化粧の下にあるのは普段の年老いた容貌ではなく、二十代としか思えない若々しいハダなのだった。

　幼い子供の頃の話である。この祖父は彼が小学生のときに突然、失踪してしまった――その頃、近所をうろついていた怪しい外国人たちも一緒に消えてしまったので、何か事件性があるのではないかと一時は騒ぎにもなったが――やがて風化していった。

だが仮頼谷一樹の心の中でのみ、茂儀造が遺した思想が受け継がれていた。他の家族たちは誰も知らない、その底無しの暗黒に汚染された呪われし選民思想を。

この世には隠された真実があり、これに触れた者は万物の頂点に立つ資格がある——それがアルティメット・シィンガーの歪んだ確信だった。

心の底ですべてを軽蔑しつつも、彼は周囲となんなく折り合いを付けて生きてきた。それもまた祖父から学んだことだった。いずれ彼のもとには真実が現れるのだ、それまでは静かに待機していればいい——そう考えてずっと猫を被ってきた。警察官になったのも、なんとなく真実に近い位置にいそうな気がしたからだ。

しかし……時々はひどくストレスが高じてどうしようもなくなるときがある。

他の愚かで間抜けなはずの人間たちがのほほんと、なんの考えもなく楽しそうに生きているのを見ると、無性に腹立たしく、どいつもこいつも憎たらしくなってくるのだった。

自分は本来、すべての者たちを見下ろす絶対的な高みにいる帝王のはずなのに、どうして他の連中はそのことを知らないのだ——と怒りが湧いてくるのだった。その長年の蓄積が、アルティメット・シィンガーをさらにねじ曲げていた。そして今——ペット・サウンズという武器を〈弓と矢〉を持った学生服の『男』から手に入れた彼は、その鬱憤(うっぷん)を一気に晴らそうとしていた。

〈そうだ——この鸚鵡が我が手の中に入ったことこそ、このアルティメット・シィンガーに世界を手に入れる正統なる資格があるという証明――）

それを邪魔しそうな危険な芽は早めに摘む……誰にも容赦はしない。

（この変な頭したガキ、東方仗助にも――）

彼は超高熱を発するアセチレン・トーチを手に、動かない少年の背後から接近していく。

＊

……目の前にAのファイブカードが揃っている。そしてテーブルに置かれた相手の手はブタ――しかし心の中にあるのは極限まで打ちのめされた絶望感のみ……。

「ば、馬鹿な……何が起こったんだ……」

既にＤＩＯは目の前から去っていた。一人取り残されて、ぶつぶつ呟き続けているダービーに、東方仗助の感覚もまた同調している。

（ううっ――なんだこりゃ……確かに不思議な感じだったけどよォ――ッ……たかがポーカーじゃあねェかよ。なんでこんなに愕然としちまってるんだよ、この男は――どんだけギャンブルに入れ込んでんだよ……）

仗助にとってはＤＩＯもダービーも理解不能なのは変わらなかった。彼には共感できない思いこみで生きているとしか言いようがなかった。そいつらが勝手にやり合っているのに巻き込まれて、同じように再起不能状態にさせられるのは、どう考えても腑に落ちなかった。

（知ったこっちゃあねーぜ、こんな勝負――だいたいダービーさんよォ――一応、あんたの勝ちじゃあねェーか。おれだったらどんなにみっともない形でも、ギャンブルに勝ったら素直に喜んどくぜェ――ッ。柔軟性が足りないんと違うのォ――ッ）

しかし仗助がいくら心の中でぼやいても、これはあくまでも過去の再生――今さらどうにもならない。

「こ、このダービーの目をこっそり盗んで、隙を突いたのか……いやそんなことはあり得ない。この場所だって――」

ダービーが視線を巡らせると、仗助にも室内の様子が見える。カジノなのか、ホテルなのか、とにかくラウンジのような場所らしい。かなりの広さで、他にも何人か人がいる。が、その全員がダービーの方を不安そうな目で見ている。どうやらその場にいる全員がグルで、ダービーの用意したサクラらしかった。

（用意周到なヤツだな――しかしこれだと後ろにいる連中が相手の手の内を覗き放題のはずだな……しかしそれでもあれこれ細工された――）

「何をされたにせよ……すべて目の前でだけだ……他の協力者などありえない。すべてはあの男……ＤＩＯだけの独力――なんということだ……あの傲慢なテレンスが膝を屈した理由が今、実感としてわかった……どうすることもできない――」

ダービーは打ちひしがれて、ぶつぶつ呻き続けているが――ここで仗助は、

(なるほど──目の前でだけ、ね……)

と納得していた。

(いや正直、おれにはあんたのことなんか全然わかんねーしよ、きっと悪人なんだろうしよ、たぶんロクでもねーことをいっぱいして、十年前にその報いを受けてんだろうしよ──でもよ、ダービーさん。ほんの少しの間の同調だったが──それでも)

仗助は植え付けられた恐怖感の中で、残されたかすかな正気の部分で、精神を集中させていく。それは暗闇の中で、手探りで床に落ちた針を探すような作業だったが──しかし仗助には〝目印〟があった。

(それでも信じるぜ、あんたを──そのギャンブラーとしての誇りと修練と技量を信じる。あんたが今、問題は目の前にしかないというのなら……その感覚もまた、目の前から来ている──そうでないと忠実に〝再生〟できねーからだ)

仗助の身体はダービー同様に、硬直してしまって動けない。自分では動くことができない。動けるとしたらスタンドのみ──だがダービーもまたスタンド使いなので、仗助のパワーがダービーのそれを上回っている分しか動かせない──それはどうやら、ほんのわずかな差で、一瞬だけのようだった。

一瞬──それで充分だった。

『──どらあっ！』

杖助自身には何も見えず、何も聞こえず、何も感じない──現実世界で茫然と立ちつくす彼から魂の分身たるスタンドが飛び出してきて、その凶暴な拳を、ぶん、と空中で一振りする──その手応えも杖助には伝わってこない。そして集中が途切れて、スタンドも消えてしまう。杖助は待つ……それが現実世界でどれほどの時間の経過だったか、彼にはわからない。しかし……。

「………ッ」

気づいたときには、もう──建築現場の未完成の床の上に立っていた。眠りから目覚めるときを、その寸前には知覚できないように、いつのまにか──戻っていた。頭が少しふらつく。そして潮が引くように、すううっ、と幻覚の中で経験していた出来事についての記憶が消えていくのを自覚する。過去は過去──いつまでも現在にとどめておけない、ということだろうか。なにかギャンブルっぽいことをしていたような、という程度しか印象が残っていなかった。

〝くききき……きええ……〟

前方の床の上に、何かが落ちていて、呻いている。ばたばたと藻掻(もが)いている、それは一匹の鸚鵡だった。

ペット・サウンズであった。

仗助が起死回生で放った一撃が命中していたのだった。その瞬間、鸚鵡が出していた音も途切れて、あらゆる〝再生〟は強制終了となったのである。

「なるほど――幻覚にパワーを使っているから、我が身を守るスタンド能力はなかったようだな――なんか、イジメみてーになっちまったぞ。まあ、ギリギリで殺さなくてすんだってトコか」

仗助は舌打ちして、鸚鵡に接近しようとする。その背後から、がたん、という音がしたので、ぱっ、と振り返る。

するとそこに立っていたのは、制服姿の警官――仮頼谷一樹だった。

「無事かい、東方仗助くん？」

心配そうに聞きながら、こっちに駆け寄ってくる。さっきの音は下に落ちているアセチレン・トーチを蹴飛ばしたものらしい――走り寄ってきていたから、たまたま足に当たっただけ……そんな風に見えた。

「ああ、あんたは――」

「私は君のお祖父さんの同僚だよ。あやしい物音がしたんで階段で上がってきたんだ。いったい何があったんだ？　下の方ではホル・ホースさんと女の子が倒れていたが――君は？」

「あ、ああ――まあ、なんつーか」

仗助は少し後頭部をがしがしと掻いて、それからペット・サウンズの方に向き直って、

「色々と込み入っていて、どうにも――」

と喋っている途中で、背を向けた仗助に向ける警官の目つきが変わる。

アルティメット・シィンガーが本性を出す。

仗助が鸚鵡に目を向けているその後ろで――床に落ちている金属の破片を拾い上げる。その尖った部分をナイフのようにかざす。

（東方仗助よォ――ッ……工事現場に入り込んで悪戯しようとしたあげく、トーチで誤ってテメーの身体に穴を空けちまったマヌケ、という形で片付けてやろうと思ったが――予定変更だッ。転んで破片を突き刺してしまったツイてないヤツ、という程度にしといてやるよ――少なくとも、馬鹿にされるイメージは七割減にはなるぜッ……！）

＊

「――待って！　おにいちゃん！」

花京院涼子の叫びは亜空を超えて、現実世界の方で響いた。

仗助が鸚鵡をぶちのめして、彼女の意識が戻った瞬間――幻覚の向こう側ですがりつこうとしていた彼女の身体は、その通りの動作を繰り返していた。

両手を伸ばして、駆け出そうとした——その前方には、彼女からなんとか銃を取り上げようとしていたホル・ホースがいた。

「うわっ——!?」

彼は、彼女に突き飛ばされた。もんどり打って、転がって——建物の縁の部分まで来てしまう。

踏ん張ろうとしたが、間の悪いことにその足下には固定の甘いシートが敷かれていて、ずるっ、とそれごと滑ってしまう。

「うわわわっ——わわっ!?」

ホル・ホースは危うく転落しかけて、必死で縁を摑んだ。懸垂のような姿勢で、完全にぶらん、と全身がぶら下がってしまう。

そして涼子の方は——気がついたら、自分が泣いていることを知る。

幻覚の中の記憶は、あっという間に霞んでいく——だがそれでも、彼女の胸の中には隙間風のような寂寥感があった。

腕の中からすり抜けて、行ってしまった——一度は摑みかけた、大切なものが。

「わ、わたし、は——」

彼女は自分が、拳銃を持っていることに気づく。今、覚醒したときにはずみで引き金を引かなかったことがどれほどの僥倖だったのか、彼女にはわからない。

（拳銃――）

彼女の脳裏に、マンガの予言が蘇る。

『リョンリョンに拳銃をくれてやれ

額(ひたい)のど真ん中に狙いをつけるんだ

ＤＩＯの奴隷のドタマをぶち抜け』

（ＤＩＯの――）

顔を上げた彼女は、縁からよじ上ろうとしているホル・ホースの姿が目に入った。その特徴的な帽子を見た。

マンガで、既に見ていた形の帽子だった――それは、ＤＩＯの……

「お……おまえはッ！」

涼子は反射的に飛び出していた。縁まで駆け寄って、彼のすぐ前に立ちはだかる。

「え？」

ぶら下がっているホル・ホースが目を丸くしているところへ……涼子は腕を突き出す。

握っている拳銃の、その銃口を向ける。

「……え？」

「おまえはッ——DIOの手下だな……ッ！」

涼子は喉から血が噴き出すのではないか、と思われるほどに、ぎしぎしと軋んだ声で怒鳴っていた。

＊

（こ、この娘——恨んでいるのか、花京院典明を殺したDIOを……その関係者を——）

ホル・ホースは必死でしがみつきながら、少女の殺意に燃える視線に圧倒されていた。

「う、ううっ——」

いったんは登りかけていた身体が、彼女の迫力に気圧されて力が抜け、またがくん、と落ちそうになる。懸命に摑まる。ぶらり、と不安定に宙吊りになる——。

「お、おまえはッ——知ってるわねッ……典明おにいちゃんが、どうなったのかを……どういう風に死んだのかを……こ——」

彼女は自分の言葉に、自分で激昂していく。

「こ——殺されたのかを……ッ！」

ぶるぶるぶる、と震えるその手に握られている拳銃は、さっきよりもずっと危険だった。いつ暴発してしまうのか、まったくわからなかった。いや、暴発ではなく、事故ではなく、故意に発射されることもあり得る——彼女の復讐心のために。

「お、おい――」

ホル・ホースは彼女に、自分は無実だと言おうとした。だが――

(――だが、それは嘘だ。おれは無実じゃあねえ……おれは確かに、DIOの手下として花京院たちと戦っていた……殺すつもりでいた……)

彼は負けただけで、罪を犯さなかった訳ではない。その事実は変えられないのだ。

いつものように口先で適当に誤魔化すか？

本気じゃあなかった、と言い訳をするか？

DIOが全部悪いんだからと釈明するか？

的外れの逆恨みだと逆に怒ってみせるか？

そんなことをしても無意味と理を説くか？

今は頭に血が上っているだけと宥めるか？

(いいや――駄目だッ)

ホル・ホースは悟っていた。彼女は決して口先だけの言葉を信じないだろう。彼女の怒りは魂からのもの――こっちに真実がなければ、絶対に受け入れることはない。

(しかし、その真実は――おれを敵として撃ってもいい、という方にしか向いてねえ……おれから彼女に言えることは何もないッ)

本気の銃口が自分に向けられている以上、ホル・ホースは身を守るためには――これを迎撃しなければならない。

「――」

縁に摑まりながら、ホル・ホースの手の中にスタンドの〝拳銃〟が浮かび上がる。それは床板を透かして、彼の手の中に重なる。

人差し指だけを立てれば、その引き金に指を載せることができた。いつでも撃てる。

そして彼女には、そのスタンドは見えていない。

「………」

彼女が今すぐ、銃を発射したとしても――もうホル・ホースはその弾丸そのものを撃ち落とすことができる。なんなら銃弾を跳ね返して、彼女に当てることさえできる。自殺に見せかけて、この国の法律から逃れることも可能であろう。なんの問題にもならない――トラブルを避けることが最優先のホル・ホースにとっては、かなり良い手――一番の最善策かも知れなかった。

（おれは――）

このときホル・ホースの脳裏をよぎっていたのは、あのエンヤ婆の言葉だった。

〝これは運命じゃからな――さだめは変えられぬ。おまえは〈皇帝〉としてこの宿命の戦いに参加するしかないのじゃ〟

（おれは――〈皇帝〉か。それが運命――ＤＩＯとの因縁に於いて、おれは〈皇帝〉としての宿命を負っている……）

それがどういう意味なのか、これまで真剣に考えたことなどなかった。中途半端に終わってしまったとばかり思っていた。しかし今、彼の前にはその放棄を断罪するべく立ちはだかる者がいる。運命に直面せよと迫ってくる。

こんな風に詰め寄られる感覚は、前にもあった……それは十年前、彼がＤＩＯを撃ち殺そうとして、逆に圧倒されてしまった直後のことだった――。

＊

（ううっ――どうにもならねえのか……）

わたしのためにジョースターどもを殺してきてくれよ。さもなくば私がおまえを殺すぞ――そう脅（おど）されて、逆らうこともできずにすごすご引き下がってきたホル・ホースは、薄暗いＤＩＯの館の中で、こつん、と何かにつまずいた。

「うっ――」

足元を見ると、それはＤＩＯのもとに向かっていた道でも見つけていたものだった。

女の死体の山だった。

ＤＩＯの食料。その吸いカス。嫌々ではなく、自ら進んで奴に身を捧げて血を吸われた、魔性に魅了されてしまった哀れで愚かな女たち――。

「うぐっ――」

ＤＩＯにできないことは何もないのだ、と改めて思い知らされる気分だった。この女たちの人生とはいったい何だったのか。ＤＩＯの巨大さに比べたらちっぽけなものに過ぎなかったのか。

「なんで、こんな――」

と彼がその女のひとりの顔に何気なく手を伸ばしたところで、

「ううん――」

と、その女の唇から吐息が漏れた。わっ、と慌てて身を引く。

（こ、こいつ――生きているのか？）

全身の肌はほとんど蒼白で、極度の貧血などというレベルではないだろう。それでもかろうじて生きている……まもなく死ぬ。

放っておけば、確実に――。

「うぐぐ……ッ」

ホル・ホースは他の女たちも調べてみた。大半は死亡しているが、何人かは同じように、まだぎりぎりで息が残っている。

「うううううう……」

ホル・ホースは呻いた。わかっていた。こいつらは自業自得——彼には何の関係も責任もない女たちだった。

だが——それでも……。

「ぐぐっ……畜生ッ」

ホル・ホースは気づいたら、女たちを抱えてＤＩＯの館から逃亡するように抜け出していた。車に載せて、闇の病院に運び込んでいた。医者からは法外な金を請求されたが、言い値を払ってやった。

この行為になんの意味があるのか、ＤＩＯに知られたら責められるのか、それともどうでもいいと放任されるのか、それさえもわからなかった。だがなんとなく後ろめたいような負い目を感じてしまい、ホル・ホースはすぐにボインゴを強引に相棒にして、ジョースターたちとの最後の戦いに赴いたのだった。そして負けて——少し後になって、再び闇病院を訪ねてみると、そこで意外なことを言われた。

「女たちはみんな逃げてしまったよ。まあ、金はあんたに払ってもらっていたからいいんだがね。でもあいつら、みんな妊娠していたから、てっきりあんたのところに行ったのかと思っていたんだが」

「え？　妊娠？」

「ああ。全員だ。かなり初期で、あの衰弱で、どうして流産していなかったのか――なんだ、あんたの子じゃあないのか？」

「ど、どういうことだ――誰の子だ？」

「さあな。特に気にすることもないんじゃあないか？　あまり身持ちの良さそうな女たちじゃあなかったしな」

医者は無責任にそう言って、ひひひ、と笑った。

「………」

ホル・ホースは背筋が寒くなるような気分がしていたが――それから別に何が起きたということもなく、ただ時折、どうして自分は館からあの女たちを連れだしたのだろう、と自問することになったのだった。

＊

何故あのとき、身の危険を省みずに女たちを連れ出してしまったのか、自分でもわかっていなかった――だが、今なら、そのときの自分の胸の奥で燻(くすぶ)っていたものがわかるような気がした。

〈そうだ……あれだ。あれこそ〈皇帝〉としてのおれだったのだ〉

ホル・ホースはエディット・ピアフの深い歌声を聞いているような気がしていた。たとえ喪(うしな)

われようとも愛のためにだけ生きる、と高らかに謳い上げるその誇り高い意志の響きが心に谺していた。

〈そうだ――〈皇帝〉とは、真の支配者とは――状況や他人や利益などに従うのではなく、己の意思で生きるもので、それは自らの魂の支配者であるということ……おれが〈皇帝〉なら、この状況では――今のこの事態に対してはッ……〉

ホル・ホースは自分に銃口を向けている少女を見上げる。

その燃えるような眼差しを、正面から受けとめる。

そして……その手の中からスタンドを消す。

それがホル・ホースの決意。

決して単なる投げやりではない。もはや放棄ではない。

この少女が彼の帝国に宣戦布告してきているのならば、相手の正当性を認めて、これに〝降伏〟する。

それが彼が従うべき〈皇帝〉としての決断だった。

世界一、女に優しい男。

これこそがホル・ホースが己に誓った魂の掟。

それ以外に重要なことはなにもない。

たとえ彼女を排除することが一番の最善策だったとしても、それがどうした。

一番よりナンバー2。これがホル・ホースの人生哲学である。一番などクソくらえだった。

「…………」

彼は少女としばし見つめ合う。

＊

「ぐっ……」

涼子は、銃を突きつけられながら――奇妙なほどに静かで穏やかな表情をしているホル・ホースを睨みつけていた。

どういうことだ。なんでこの男は、こんなに落ち着いているのか。自分など問題にならない、ということなのか。そう思っているならいっそ引き金を引いてしまおうか、とさえ思った。

だが――そのとき、彼女の心の中でふいに浮かび上がってくる言葉があった。

〝ぼくは弱虫なだけ――〟

どこでそれを聞いたのか、どうしても想い出せない。しかしそれは間違いなく、彼女の心のヒーロー花京院典明の声なのだった。自分を冷静に判断しているその声のイメージを、どういう訳か、今――彼女が生殺与奪の権利を握っているこの男からも感じる。

「うぐっ――ぐぐぐっ……」

彼女は呻いた。撃てば楽になれる、と思った。今までの、何もできなかったと無力感に苛まれるだけの情けない自分とは永遠におさらばできるのだ、と――。

「ぐぐぐぐ――ぐっ……」

涼子の奥歯がぎりぎりと噛み締められる。なんだか無性に、ひたすらに悔しい。怒りや憎しみももちろんあるが、それよりもさらに濃厚に、悔しくて悔しくてたまらない。何が悔しいのか。

(私は――ここで――)

彼女の、銃を握っている手がぶるぶると震えている。

(ここで、今――)

力んでいる腕が、その緊張に耐えきれずに痙攣している。固まってしまって肩ごと痺れているかのようだ。

その肩にそっ、と手を乗せられる感触がある。もういいんだ、と懐かしい誰かが言ってくれる。

(結局――何もできないのね……)

彼女の唇の強張りが解けて、そこから大量の吐息がふうううっ、と洩れ出す。

そしてだらり、と拳銃を持つ手が下がり、その凶器は彼女の手から離れて、床の上に音を立て落下した。

ん、とホル・ホースが少し目を丸くしたところで、涼子は彼に手を差し出した。彼はそれに摑まって、上に登る。

「あ、あんた……なんで」

ホル・ホースの疑問に、涼子はひどく億劫そうに、

「私も、弱虫になりたいから……かもね」

と疲れた口調で言い、それから眉を寄せて、

「ねえ……知ってるんでしょ」

と訊く。

「あなたは——典明おにいちゃんたちが何をしていたのか、それを知ってるはずよ……あの人はどうしてああなったの。十年前に、いったい何をしたの……？」

問われて、ホル・ホースは一瞬、うっ、と息を詰めたが、すぐに、

「人類を救ったんだよ」

そう答えた。涼子が訝しげに見つめてきたので、さらにうなずいて、

「大袈裟に聞こえるかも知れんが——決して大袈裟じゃあねえ。そうとしか言いようがないんだよ」

と、はっきり断言した。そんな彼を見つめていた涼子が、ふいに、

「あれ、あなた――その血……」

と彼の顔を指差す。

「なんか、額から血が出ているけど――？」

言われて、ホル・ホースは頭蓋に触れる。そこは古傷の場所だった。かつて自分で自分を撃ってしまった、その箇所――十年経つのに、いつまでもじくじくとしていて、どうにもうまく塞がりきらなかった傷痕……そこが破れて、血が流れていた。

「ああ……いや、大したこたぁねえ。きっと……これでやっと、ちゃんと治るようになったんだろう」

傷ついていたことを認められたのだから――と、ホル・ホースは思った。

6.

（死ねッ、東方仗助――ッ！）

アルティメット・シィンガーは床に落ちていた、尖った破片を拾い上げて、振り上げる――仗助の後頭部めがけて一気に、振り下ろそうと……そこで、

「ああ――ちなみに破片ならもう〝なおして〟っからな」

と仗助が背を向けたまま言うのと同時に、アルティメット・シィンガーが持っていた塊が、

ぶるっ、と生き物のように蠕動し、次の瞬間――すごい勢いで後方へ飛んでいった。

それを握っていたアルティメット・シィンガーごと――壁面に突っ込んで、そこに一体化する。手も埋まっているというレベルではなく、蠟人形を熱して、ドロドロになったところを蠟の板に押し付けたかのように――境目なく溶け込んで、なおってしまう。

「な……！」

「なんだろーな……たぶん、建ててるときにクレーンとかが激しく動いてるだろ？　そんときに引っかけたところなんじゃあねーのかな――その破片だったんだと思うぜ」

仗助がゆっくりとした動作で、振り向いてくる。

「もちろん完成するときには修正してるか、あるいは最初から壊れることを前提に作っていて、後で外してしまう箇所かも知れねーよ？　その辺は専門家じゃあねーからわかんねーことだぜ。なあ――『真犯人』さんよぉ～～ッ」

仗助は特に勝ち誇るでもなく、むしろ面倒くさそうに言う。

「な――」

アルティメット・シィンガーは表情を強張らせながら呻き声を洩らす。

「ど――どうしてわかったんだッ？　完全に騙せたはずの状況で――」

「ああ――警官の格好してるから疑われない、とでも思ってたか？　自慢じゃあねーがよぉ……おれってなかなか人から信用されないタチでなァ～～ッ。イキナリ〝大丈夫か〟なんて心配してもらえることなんてまず、ねーんだよ——他人に気遣ってもらえないことに関しちゃあチト自信があるんでねェ〜〜ッ」

割と悲しい自慢をしながら、やれやれと首を横に振る。

「それに何より、警察だからって無条件にイイ奴とは限らない、ってことはよぉ〜〜く知ってんだよ、こっちは——連中はくだらねー偏見に満ちてて、人を見かけだけで判断して、立場の弱い奴にゃトコトンきつく当たるよーな冷酷さがあるってことを、な。フツーの警官だったら、おれみたいな怪しいヤツが立入禁止の場所で変なことをしていたら、心配するよりもまず、危ないヤツがいるって応援を呼ぶだけで近寄ってきたりしねーんだよ。巻き込まれたら大変だからな」

ふん、と仗助は鼻を鳴らした。

「誰だって我が身はかわいい。本気で一般人を心配して、助けに駆け寄ってきたりするよーな正義馬鹿のお人好しはよーッ、そんなマヌケはせいぜい——うちのじいちゃんくらいなんだよ」

仗助はアルティメット・シィンガーに迫っていく。ぐぐぐ——と唸っている相手に、

「一応、聞いといてやるが——いったいどーゆーつもりだったんだ、テメーは……目的はなんなんだ？」

と尋問する。

「ぐぐぐ、ぐぐ……」

「え？　なんだって？　聞き取れねーぞ。もっとはっきり大きな声で喋れよ」

「むむむ、むむ――」

「だから声がこもっていて聞こえねーよ。口を大きく開けろよ、口を――」

仗助はさらに相手に近づいていく。そして……彼がアルティメット・シィンガーのすぐ前にまで来たところで、この警官は――ニヤリと笑った。

「馬鹿めッ――まんまと誘き寄せられたなッ！」

宣言したその視線は、仗助を見ていない――その背後を見ている。

仗助が放置したままだった鸚鵡の方を見ている。

「――――ッ！」

仗助が振り向いたときには、もう――鸚鵡は身を起こして、その嘴を開きかけている途中だった。

「やれッ〈ペット・サウンズ〉ッ――最強の〝音〟を響かせてやれッ！」

指揮者に命じられるままに、鸚鵡は最大の発声量で咆哮(ほうこう)するように鳴く。それは地響きのような重低音で、極大パワーのスタンドだけが発することのできる雄叫びで――

『……無駄無

駄無駄……！』

——その音の大きさだけで風圧が生じて吹き飛ばされるかのような怒濤(どとう)のラッシュだった。

仗助の動きが、至近距離からこの〝音〟を真っ向から喰らって、停止する——。

「うわはははッ、愚か者めぇッ！　おれを封じただけで安心したなッ。鶚鴂にトドメを刺さずにいたなッ。おれとペット・サウンズはあくまでも別の個体——本体を動けなくすればスタンドも動けなくなるというルールは通用しねえんだよッ。このヌケサクがあッ！」

アルティメット・シィンガーは得意の絶頂で高らかに笑った。

「おれがおまえ如きに屈すると思ったかッ。東方仗助——おまえなどおれの足下にも及ばないクズに過ぎんのだッ！　すべての人間は我が足下に平伏(ひれふ)すのだッ。おれは遥かな高みから、人間どもを見下ろしてやるのだッ！」

ぎゃはははははははははは、と爆笑する。

仗助は動かない——ふらふらと、その身体が不安定に揺れている。

そしてぐらり——と大きく右に傾いて……そこで停まる。

腕が上がっていって、頭に寄っていって、そして……とんとん、と側頭部をかるく叩いた。

左側にも傾いて、そっちも、とんとん、と叩く。

こきこき、左右に身体を振って——首を回す。

どう見ても……身体をほぐすストレッチをしていた。

「え——」

とアルティメット・シィンガーが眉をひそめたところで——仗助はふつうに振り返った。何事もなかったような顔をして、平然としている——そして、

「あー、やかましかった。マジでまだ、耳がきーんって言ってるぜ……早朝とはいえ、さすがに騒音の苦情が来るんじゃあねーのか、こいつは〜〜ッ」

と、とぼけた口調で言った。

「な……!?」

アルティメット・シィンガーは自分の目が信じられなかった。そんな馬鹿な。そんなはずはない。最大最強のスタンドのラッシュを、その体感を真正面から喰らって無事でいるはずがない!

「あー、そーだな……テメーが納得いってねえのは、顔見りゃわかるぜ」

杖助はアルティメット・シィンガーを指差した。それから指をちっちっ、と振って、

「よぉーく見ろよ——注意力が足りなかったよーだぜ。おまえの自慢のペット・サウンズのことを慎重に観察してりゃあ、下手こいたりしねーで済んでいただろうぜ——よぉーく確かめてみろよ」

と言った。え、とアルティメット・シィンガーが鸚鵡のことをじろじろと見つめると——なにかおかしいことに気づいた。

「な——なんだあの……嘴はッ？」

鸚鵡の丸みを帯びた嘴が、その表面が、なんだかやたらにきらきらと光が反射して見える……これまではつるつるとした光沢だったのに、妙にぴかぴかとグリッターに煌びやかになっている——形が変わっている。

ダイヤモンド・カットのように、曲面から多面体になっていた。変形していた。

違う形状に——なおっていた。

「ま、まさか——」

「そうだよ、最初の一撃だよ——幻覚の中で放った一発の時点で、おれは既に鸚鵡の嘴を砕いていた——二度とこれまでのような鳴き方ができねーよーに、な。どんな吹奏楽器でも、ちょっとでも凹んだり歪んだりしたら、もう前のような音は絶対に出ねーからな。忠実に正確に、

音を再現するというのが〈ペット・サウンズ〉能力のキモなんだろう？　つまり音程がちょっとでもズレちまったら、もう――そんなもんはただの騒音にしかならねーってことだよ」

仗助は鸚鵡の方を向いて、そして歩み寄って、ばたばたと暴れている鳥を拾い上げる。

「で――別の個体、とか言ってたな。そいつがどーゆー意味なのか……」

スタンドを発現させて、鳥の身体をゆっくりと撫で回す。すると、

〝くけけ……かかっ〟

と鳥が震えたかと思うと、その喉の奥から、ぽん、と小さな塊が吐き出された。

塊は床に落ちそうになったところで軌道を変えて、アルティメット・シィンガーの方に飛んでいく。その頭の横に……耳たぶに戻っていって、そして一体化する。

鸚鵡とシンクロしていた箇所が、元通りになおってしまった。

「ううっ――」

「これで、もうオメーはスタンド使いでもなんでもなくなった、ってことだな――」

鸚鵡を床の上に戻して、仗助はまたアルティメット・シィンガーに――いや、もはや何でもない人間、仮頼谷一樹に近づいていく。

「うううっ――」

「なんか言ってたよな、そうそう、人を見下ろしてやる、とかなんとか――そんな風なことを言っていたな」

「ううううっ――」

「そういうのが好きなのか、オメーは。高いところがお好みか」

「うううううっ――」

「ところで――オメー、興味あるか。おれの髪型のことが気になるか？　どうしてこんなグレートな髪型にしているのか、その真の理由を」

「ううううううっ――」

「特別に教えてやろうか。実はな、ほんとうのところは――」

「う――」

と呻きかけた、その途中だった。超音速のジェットエンジンの推進のように、迸（ほとばし）った。

『――ドラララララララララララララララララララララアアアアアアァァァァァ――ッ！』

東方仗助のスタンドが突撃していった。その凄まじい勢いは周辺に貼られている工事用のシートを引き剥がし、旋風のように巻き込んでいった。下に落ちていた機械類も渦に呑まれる。鉱物のように硬いスタンドの拳で打ち砕かれながら、仮頼谷一樹は空へと吹っ飛ばされた。その破壊に――やがて修復が追いつく。

一緒に破壊されたものが合流していく。それは大量のシートに、落ちたままになっていたアセチレン・トーチに、そして空気。

トーチの固形燃料が爆発して、いったん、巨大な炎になる——その閃光は建物を照らし、町を照らした。炎上しているかのような目映い光——それも吸い込まれるようにして消えていく。

シート＋炎熱＋空気——それは単純な方程式だった。

答え——熱気球。

「うぼおあおおおおおあああ……ッ」

仮頼谷一樹の身体に巨大なアドバルーンと化したシートが癒着していた。彼の身体はふわふわと、早朝の町に浮かび上がって、漂っていった。

仗助はもう、その様子には背を向けている。彼は、

「いや——やっぱり、教えてやんねー」

と呟くと、建物の屋上の隅に向かって歩き出した。

＊

「——あっ！」

と屋上に昇ってきたボインゴは、思わず声を上げた。

東方仗助が、奥の方から出てきて……その手が持っている物を見た。

それは彼のマンガ本だった。

「おう、ボインゴさん——あったぞ」

仗助は無造作に、マンガ本を投げてよこしてきた。ボインゴはわたわたと慌てながら、なんとかキャッチする。

「あ、ありが——とう」

「おれはよぉ～～ッ、正直なところマンガってどーも苦手なんだよな～～ッ。どーやって読んでいいのか迷うっつーのかよ～～ッ、あの囲み？　コマ割りっつーの？　どういう法則で並んでるのか、イマイチ理解不能なんだよな～～ッ」

仗助はぼやきながら、服に付いた埃を払って、ポケットから櫛(くし)を取り出し、髪の毛をちょいちょいといじる。それから床の上をよちよち歩いていた鸚鵡を、ひょい、と拾い上げる。鳥は暴れたりせず、おとなしく従っている。

「あ、あの——」

ボインゴは話しかけようとして、しかし口ごもる。

「あん、なんだい？」

「その……」

ボインゴが迷っている間に、仗助は屋上の縁にまで歩いていって、下の方に向かって、

「おいッホル・ホース！　先輩はそっちにいたのかよッ！」

と大きな声で言う。すると、おう、という返事が聞こえてきた。

「じゃあズラかるぜッ……どー考えてもおれたち、不法侵入だからなッ」

仗助は言いながら、ボインゴを促しつつ、鸚鵡を抱えてさっさと階段を下へと降りていってしまう。ボインゴは慌てて追いかけつつ、思っていた。

（な、なんか……わかったような気がする……どうしてジョースターさんたちが、遥かに強大なはずのＤＩＯの軍団に立ち向かっていけたのか、その理由が……）

きっと彼らも、この不思議な少年と同じような精神を持っていたのだろう。あえて言葉にしなくても、自然と伝わってくるような、その奇妙な決意を心に持っている。

（ぼ、ぼくも……そういうものが持てる日が来るんだろうか……）

きっとその未来だけは、いくら待っていても決して予知のマンガには顕れてはくれないのだろう――それは確信としてあった。そのことだけは何物にも頼ることはできない。自分だけでどうにかするしかない――その想いが胸に刻み込まれていた。

――こうして町の片隅で人知れず展開していた〈ペット・サウンズ〉事件は幕を閉じた。

Dの八——“Diamond”（砕けぬ意志）

『なんてこった、また同じところだ。ぐるぐる回り続けてるよ絶対』

『まあ、少なくとも繰り返しているということを確認できているだけでも前進だよ。ＮｉＮｉ』

――岸辺露伴〈ピンクダークの少年〉

1.

TUTUは記録を続けている。

十年前にテレンス・ダービーは〈トト神〉と名付けたが、これまで色々な名前で呼ばれてきたので〈トト神〉という名前になったのも七回目のことである。他にも様々な名前で呼ばれてきたが、その持ち主の頭の中で聞こえる〝と、と、と――〟という声に関係した名称であることが多かった。

TUTUがいつ頃から存在しているのか、誰も知らない。起源となるオリジナルのスタンド使いがいたのかどうかもわからない。DIO(ディオ)が超能力のことをスタンドと名付けるずっと以前から存在していたから、あるいはスタンドとは別種の現象なのかも知れない。現在はボインゴの精神を反映してマンガ本になっているが、その折々の時代によって様々な形態をとり、古代エジプトではパピルスの束であったし、羊皮紙の巻物だったこともある。中身も文字だけのときもあれば絵だけのこともあり、まだ映画が存在する前から映像が映し出されている金属板だったこともあった。

TUTUは未来のことが載っているから予知能力のようだが、これは単なるオマケで、本の内表紙にあたるところに書かれている得体の知れぬ記号の連なりこそが正体で、これまでの人類の歴史がすべて凝縮されて記されている。予知現象はその連綿と続く記録作業の、ちょっとした余波に過ぎない。ＴＵＴＵの所有者の近親者には自在に姿を変えられる特殊能力が宿り、本を守る役割を果たしてきた。そうやって長い長い年月、ＴＵＴＵは記録を延々と続けている。

なんのために？

あるいはそれは、自分たちの想いを後世に伝えたいという人類共通の集合的無意識が生み出したものであるのかも知れない。誰もが忘れてしまう過去を、とにかく記録し続けることは、他のどんな目的よりも強いパワーなのだろうか。

この暗号をいずれ読み解く者が現れるのかどうか、それは遥かな遠い遠い未来になってみないとわからないだろう。ＴＵＴＵに精神エネルギーを供給する宿主は次々と代替わりしていって、いつまでもこの本は存在し続ける。これが失われるときは即ち人類が地上から絶滅するときである。

ＴＵＴＵは決して宿主に都合のいい未来を予知しない。目的は記録であり、未来を作り替えることは本来ではないからだ。だが――今回の事件に於いては、ＴＵＴＵは何かを意図していたような節がある。ボインゴからＤＩＯの呪縛を消し去るために誘導していたような形跡がある。それはＴＵＴＵ自体にもＤＩＯの呪縛があり、なにもかも記録するだけの存在であるはずのＴＵＴＵでさえ、その影響から脱したかったということかも知れない。これはＤＩＯが史上類のない程に危険であった故なのか、それとも――。

引っかかっているところを発見された。

無断で職場を離れて、呼び出しにも一切応じなかった仮頼谷一樹は、数十分後けやきの枝に引っかかっているところを発見された。

皮膚に癒着していた工事用シートから、彼が建設途中の施設に侵入して何かをしていたことまでは判明したが、それ以上のことは何もわからなかった。完全に錯乱していて、アルティメット・シィンガーはすべての生物の頂上に立った、などと口走るばかりでまともに会話さえできなかった。やがて建設現場から拳銃が発見され、これが仮頼谷が同僚のものを無断で持ちだしていた物であることも発覚し、警察の上層部は彼を病気による退職扱いにすべきか、服務規程違反による懲戒免職にすべきかで判断に苦しむことになった。いずれにせよ全身にこびりついているシートを引き剝がす外科手術は何度も行わなければならず、彼は少なくともこれから半年以上は入院することになった。

＊

「――それで、同じ交番だったじいちゃんの仕事が増えることになっちまって、しばらく夜勤が多くなるとよ」

仗助がそう言うと、ホル・ホースは少し眉をひそめて、

「あいつに尋問とか、結局できなかったな――どうやってペット・サウンズを入手したのか不

明なままだ。警官だったから、この町に送られてきたところを押収したんだろうか……盗んだのは本当に、ただの泥棒だったんだろうか——どーもスッキリしねーな」

「まーいいじゃあねーか。鳥も取り戻せたんだしよお〜〜ッ。トラブルは解消したんだから、とりあえず安心しとけよ。あんまし悩みすぎると禿げるぜ」

「オメーはおめでたいのか、そうやって肩の力を抜いているから色々と対応できるのか……でもこの町にはまだ何かあるのかも知れん。気をつけとけよ」

「だーかーらー、深く考えたってしょーがねーことだろ？　考えすぎると暗くなるだけだぜ」

「やれやれ——」

「あんたはあんたで、これからエジプトで面倒なことが待ってるんだろ。そっちに集中しろよ」

「まあな——ったくオインゴの野郎。女に呼び出されたからって、昔借金してたギャングに見つかりやがって……すぐに返さねーと生命がないって？　なんでその交渉をおれが代わりにやんなきゃならねーんだよ——ボインゴはアテにならねーし……」

「なんだかんだ言って、あんたって面倒見がいい奴なんだな」

「メーワクなんだよッ。今だって、すぐに新幹線の時間が迫ってるのに、アイツふらふらとどっかに出ていっちまうし——」

「ま、でもこれでお別れかと思うと、少し寂しい気がしねーでもねーな」

「そうか？　オメーにもそんな殊勝なところがあったのか」

「ところでホル・ホース、そういやなんで、あんたってそんなカウボーイの格好してんの？　その理由を聞いていなかったな」

「今さらかよッ――いや、まだガキの頃だったが、養護施設から出たところで、何気なく立ち寄った映画館で、ある西部劇を観たんだよ――『一握りの金のために』って映画で、そこに出てきた名無しのガンマンが最高にイカしてたから、おれはこれからコレで行こうって決めたんだよ。何者にも縛られず、飄々としたその生き方に、一番じゃなくてもいいから生き様を貫こうって、な――」

「なんだ、心のヒーローの格好って、それおれのパクリじゃん」

「誰がオメーの真似してんだよッ。だいたいそんときにはオメーなんかまだ生まれてもねーだろうがッ。朋子さんが赤ん坊くらいのときの話だぞッ」

「オフクロはどーでもいいよ。さすがのあんたも、あの女にゃとても手が出ねーだろ」

「う――というより、オメーの母ちゃんだしな――なんかこう、色々と」

二人が喋りながら通りを歩いていると、車道の向こう側を歩いていく人影とすれ違った。特徴的な前髪を揺らしている少女――花京院涼子だった。

「あっ――」

と仗助が彼女を見かけて声を上げた。

「どうした？」

「悪りィホル・ホース――ここでさよならだ。ちょっと先輩に話しとかないと――」

「あん？　なにが――」

とホル・ホースが訊き返そうとしたときには、もう仗助は走り出していて、雑踏の中の少女を追って行くところだった。

「やれやれ――落ち着きのねーヤローだぜ、本当に」

ホル・ホースは苦笑いしつつ、急がなければ、とボインゴを求めて足を速めた。行き先の見当はついていた。

2.

ボインゴはちょこちょこと小走りに町を駆け抜けていく。

胸には無事に彼のもとへと戻ってきたマンガ本を抱えている。目的は果たし、兄のところへ一刻も早く戻らないといけない状況ではあるが――この町を離れる前にどうしても寄らなければならないところがあった。

（言っておかなきゃ――お礼を）

そう考えながら彼は、交番の前にまで来た。おそるおそる中を覗き込んだが、なんだかバタバタしている上に人々が皆殺気立っていて、声を掛けられるような雰囲気ではなかった。それに——見たところ、目的の人物が見当たらない。

（ど、どうしよう——）

どこに行ったのか、誰かに訊けば良いのかも知れないが、なかなかその勇気は出なかった。

仕方なく、道の隅っこから交番の前をちらちらと観察し続けていると、やがて警官の一人が彼に気づいて、どうかしたのか、と言ってきたので、

「あ、あの——落とし物したって届けを出して……でも、見つかったので……」

と怯えつつも言うと、じゃあ書類にサインしてくれと言われたので、その通りにした。では帰っていいですよ、と外に出された。

終わった後、ふわあ、と思わず大きな息を吐いてしまった。

ふつうの人間であればどうということのない作業だったが、ボインゴからしたらそれは大変なことだった。知らない人と話して、書類にサインするなど……バンジージャンプで橋の上から飛び降りた後のような気持ちだった。

「ふうう、ふううう……」

大きく肩で息をしていると、後ろから、ぽん、と肩を叩かれて振り向くと、

「……あっ！」

と思わず喜びの声を上げてしまう。

「よう、どうしたんだいボインゴくん」

そこに立っていたのは彼を助けてくれたあの親切なお巡りさん、東方良平（ひがしかたりょうへい）だった。

「あ、あの……このマンガ、見つかったんで——知らせなきゃ、って。今、書類を出してきて」

「おうそうか。そりゃあ良かったなあ」

良平はにこにこしながらうなずいた。ボインゴもうなずく。

「あ、あの——じょ、仗助さんにも世話になって——」

「あいつが？　逆に面倒かけなかったか？　あいつ無茶するだろう」

「そ、そこが——彼の良いところです……ですよ？」

「はははは、ありがとう。そう言ってもらえると助かる。なかなかそれが皆に伝わらなくてなあ——」

良平は眼を細めて、苦笑気味の表情を浮かべた。それだけでこの男がどれだけ孫のフォローをし続けてきたのかがよくわかった。苦労しているのだが、それがまんざらでもない、という顔をしていた。

「い、いつかきっと、皆もわかりますよ。だって——」

うまく言葉にならないが、それでもボインゴはなんとか良平に感謝の気持ちを伝えたいと思った。この人が自分を信じてくれなかったら、きっと彼は今でも一歩も動けないまま、世界の片隅で座り込んでいるだけだったろう。

「だって――」

と興奮した彼がもぞもぞと動いたことで、その胸に抱えられていたマンガ本が、どさっ、と下に落ちてしまった。道路に投げ出されて、ぱららっ、とページがめくれ上がる。

「あっ」

「おっ」

ボインゴと良平が、同時にマンガの方に視線を向けた――そのときだった。

真っ白だったそのページに、新しいマンガが浮かび上がってきた――。


『――やったねボインゴ！

無事にマンガ本を取り戻したぞ――ッ。

これで明るい未来が開けるかどーかは微妙だけど……

少なくとも助けられるばかりじゃなくて、君の方がアニキを助けなきゃならない今、少しは役に立つんじゃあないかな？

でもその前に、ボインゴはお世話になったおじいちゃんにお礼を言いに来ましたよォ――ッ。

今までだったら他人にお礼を言うことなんてとてもできなかったから、それだけでも大した成長かもねェ――ッ。やったね。また会う機会があったらもっとちゃんとしたお礼をあらため

てしたいところだけど――でも、

残念――

それはできないんだよボインゴ。

だって――

そのおじいちゃんは、しばらくしたら死んじゃうんだから。

耳から血を流して、カーペットの上にぐでーん、と倒れちゃうんだ。

がーん！

人生ってままならないもんだよねェ、本当に――』

「………あ」

ボインゴは、茫然として立ちすくんでしまう。がたがたと全身が震えて、どっ、と汗が噴き出した。

その横から、すっ、と良平の手が伸びてきて、落ちていたマンガを拾い上げる。そして埃を払って、ボインゴに渡してやる。

「ほれ、しっかり持っていないと、またなくしてしまうぞ」

良平の顔は穏やかである。

「で、でもあの……その……ああああ」

ボインゴはまた、うまく口が動かなくなっていた。喋りたいことが形にならず、言葉が空転する。そんな彼に良平は、静かに、

「よくわからんが——わしは死ぬのか？」

と他人事のように訊いてきた。ボインゴはどう返事をしたらいいのかわからない。何を言ってもどうにもならない——どうしようもない。

「——う、ううう……」

「これがタチの悪い悪戯なら、怒るべきなんだろうがな。どうも君を見ているとそんなんでもなさそうだし——まあ、気にするな」

優しい口調でさえある。ボインゴはどう返事をしていいのか、まったく見当がつかない……

そのとき、彼らの背後から、

「ああ、やっぱりここにいた！」

というホル・ホースの声が響いてきた。そしてつかつかと足音を立てて迫ってきて、良平に、ども、と会釈しつつホル・ホースは、ぐいっ、とボインゴの襟首を掴んで、

「ほれっ、もう時間がねーんだよッ。オメーの兄貴の生命がかかっているんだぜッ。急がないと——」

と引っ張って、そして二人は通りの向こうへと、あっという間に消えてしまう。

「…………」

後に残された東方良平は、しばらくの間その場に立っていた。

やがて、ふう、と息を吐いて、それから胸元をごそごそとまさぐる。

そして取り出したペンダントは、彼の歳には不似合いなハートマークが二つ並んだロマンチックなシンボルが先に付いていた。同僚たちから少し気味悪がられているが、彼はここ十数年そのペンダントを外したことがない。

彼の妻の形見だった。それは娘の朋子に母がプレゼントしようとしたのを、そんな恥ずかしいデザインの物はいらないと突き返されて、それでも自分で持っていたのを、彼女が亡くなった後さらに良平が受け継いだものだった。

彼はそのペンダントに話しかける。

「なあ母さん――どうやら、わしは長くないようだ。母さんのところに逝くことになるらしいよ。まあ信じられるかどうかは、なんとも言えないが――半信半疑だが、でも、もし本当なら……」

彼はポケットから家族の写真を取り出して、眺める。去年撮ったもので、仗助はふてくされたような顔をしている。その今にも憎まれ口を叩きそうな顔に向かって、良平は、

「仗助――わしはもう、おまえを助けてやれなくなるのかも知れん……だが大丈夫だろう。きっとおまえなら、これからこの土地にどんなことが起ころうとも――逆にみんなを守って、助けてやれるはずだ。そう信じているよ」

そしてペンダントと写真をしまって、ふたたび町のパトロールへと出掛けるべく自転車にまたがる。ペダルに足を載せながら、彼は、ふん——と鼻を鳴らして、

「しかし——こうなると呼ばなきゃなるまいな。わしが呼んだとなると変な軋轢(あつれき)を生みそうだから、向こうには遺産相続のための調査をした結果、とかなんとか適当なことを言ってもらわなきゃなるまいが——それでも」

その人物のことを、もちろん良平は前から所在を摑んでいた。とっくに知っていた。あえて接触しようとしなかっただけだった。だが彼の代わりに仗助をサポートできる人間がいるとしたら、それは——

「呼ばねばなるまい、仗助の父親を——ジョセフ・ジョースターを」

3.

花京院涼子はS市から離れようとしていた。親はいったん神奈川の自宅に帰ってこいと言っているが、なんとなくそういう気分でもないので、このまま大学生になったら住む予定の京都のマンションへ行ってしまおうか、と考えている。もう入居手続きもすんでいるし、荷物も入れてある。しばらく一人で考えたい気持ちだった。今、家族と会うとケンカになってしまいそうな予感がある。心が少しささくれ立っている。

（私は今……ちょっと脆くなっている。立ち直る時間が必要だわ――）

そう感じていた。そして空港に向かうバスが出ているターミナルで次の便を待っていると、

「ああ――やっと見つけた！」

という声がしたので、ふう、とため息をついて振り向く。

「や、どーも。黙って行っちゃうなんて冷たいっスよォ～～ッ、花京院先輩ッ」

と軽薄な口調で呼びかけてきたのは、もちろん東方仗助だった。

「なんなのよ、お詫びとお礼なら昨日すませたでしょ」

そんなつもりはないのに、ついキツイ口調になってしまう。すると仗助はにこにこ笑って、

「そうそう、それそれ。やっぱり花京院先輩はそういう風に突っ張ってないと。昨日は無駄にしょげ返ってたから、らしくなかったっスよ」

「別に突っ張ってるわけじゃないわよ――ていうか、あなたは元気ねえ。昨日の今日なのに。疲れてないの？」

「まあ、若いっスからね。筋肉痛すらその日のうちに出て、起きたら消えてますから。年寄りとかになると三日後に出るって言いますよね。先輩はどースか？」

「あなたと私、そこまで歳が離れてないと思うけど」

「あはは、そりゃそうっスね」

屈託なく笑う仗助に、涼子はまたため息をついて、

「ていうより――私の方があなたよりもずっと子供だったわ、仗助くん」

と言う。仗助は少し眼を丸くして、

「歳のサバ読む必要は、まだないでしょう、さすがに」

とぼけた調子で言うが、涼子はこの軽口には乗らず、顔を伏せて、

「ほんとうに馬鹿だった――自分勝手な思いこみだけで突っ走って、人を信じられなくて――子供以下だった」

「別に良いじゃあないですか、子供でも。心の中の大切なヒーローに憧れて、その気持ちを守りたいって想うのは、悪いことじゃあないと思うっスよ」

「でも、いつまでもそれじゃあ駄目だったのよ。私も、いつまでも典明(のりあき)おにいちゃんにすがってばかりじゃあ――」

「具体的にはどーすんですか」

「いや、そう言われても、すぐには――でも何かはしなくちゃあ――」

「じゃあさ、たとえばその鬱陶(うっとう)しい前髪を、ばっさりイっちまいますか、いっそのこと」

仗助が突き放したように言ったので、え、と彼女が顔を上げたとき――彼女には見えない幻影が、その顔の前でぶん、と手刀を横に薙(な)ぎ払った。

とたんに、ばららららっ――と彼女の前髪が切断されて、風に乗って散っていく。

「え？　えええええ――ッ！」

「ほうら、ずいぶんとスッキリしましたぜェ〜〜ッ」

仗助が得意げに言う。

「な、何を——あんたがやったの？」

「だって何かしなきゃいけないんでしょ？　こーゆーことでしょ、それって」

「あ、あんた——うわあああああッ！」

彼女はまっすぐに揃ってしまっている前髪に触れて、取り乱す。

「こ、こんな無茶苦茶な——なにしてくれてんのよッ！」

彼女は激昂(げっこう)して、仗助の頬(ほお)に手を出していた。ぱあん、と頬が派手な音を立てて鳴った。

仗助は直立したまま、それを真っ向から受け止めていた。その動じなさに、涼子ははっとなって——そして、見る。

自分の前に、風が吹いてくる……その風に乗って、きらきらと光を反射させながら集まってくる。

それは彼女の顔の上に吸い込まれるように収束していき、そして……ふわり、と前のように垂れ下がる。

髪の毛が戻った……なおっていた。

「あ——」

「ほうら、今、無茶苦茶ムカついたでしょ？　それが本音っスよ、先輩の。大事な想いを踏みにじられたら、やっぱり腹が立つんスよ——無理にそういう気持ちを押し殺してたら、それこそヒーローにガッカリされますぜェ〜〜ッ」

仗助は適当な調子で言う。涼子は前髪に触って、その形を確かめて、そして——自分が泣いていることに気づく。

「私……」

「あーっ涙を見せたら男はなんでも言うこと聞くだろうとか、そーゆー作戦は駄目っスよ〜〜ッ。おれには通用しませんよ、そいつは」

仗助が戯けたように大きく腕をぶんぶんと振ったので、涼子はやっと少し笑うことができた。

「いや……これはそう、ちょっと髪の毛が眼に入っただけよ。あんたの乱暴な能力のせいでね。繊細さに欠けるんじゃあないの？」

「あんまし細かいこと言わないでくださいよ〜〜ッ。テレビゲームのゴルフでも、しょっちゅうパット外してんスから、おれ」

「私はうまいわよ。特にF－MEGAとかは子供の頃からやりこんでるからね。最新作でも簡単に一位を取れるわよ」

「おおう、意外な特技——」

仗助が大袈裟に驚いて見せたところで、涼子はふっ、と微笑んで、

「ありがとう、仗助くん——」

と自然に礼を言っていた。

「今は——あんまり無理はしないでおくわ。確かに突っ張りすぎてるけど、でも……うん、きっと大丈夫」

「じゃあさ、なんだったらおれと付き合っちゃったりしますか？　新しい恋人ができれば気分も変わったりして」

「いや——急にそれは、さすがに無理だから。遠距離になるし。年下だし。せめてカメに触れるようになってから言いなさいよね、そういうことは」

「あははは、フラレちゃいましたね、おれ」

仗助が明るく笑ったので、彼女も同じように、陽気に笑う。

そこで待っていた空港行きのバスが道路の向こうからターミナル内に入ってくるのが見えた。

仗助はここで、しゅたっ、と手を上げて、

「それじゃあ花京院先輩、京都に行ってもお元気で。水が変わって腹壊したりしないように」

と言って、そしてその場からさっさと立ち去っていく。

きっともう、彼女に関して案じていたことは解決した——そう思っているのだろう。その背中に涼子は、

「あ——」

と声を掛けようとしたが、何を言っていいのかわからない。その間にもバスはどんどん接近

してくる。すぐに着いてしまう。仗助の背中はどんどん遠くなっていく。

「あ——あのッ！　仗助くんッ！」

涼子は大きな声で呼んでいた。少年が、ん、と立ち停まって、首をこっちに向けてくる。涼子は涙を拭いて、そして手を口元にあてて、さらに大きな声で、

「仗助くん——その髪型決まってるよッ！　うん、カッコイイ！」

と叫ぶと、彼はちょい、と片方の眉を上げて、当然っしょ？　といわんばかりの調子で指を立てて——ぴしっ、と振ってみせた。

"Crazy Heartbreakers" closed.

あとがき——とうに世紀末を過ぎて

僕が子供の頃にノストラダムスの大予言というものがブームになって、世界は１９９９年に滅びるのだ、とまことしやかに語られていた。最初に聞いたときにはかなり怖かったし、１９８０年代の世間の空気もなんか変だった。その年になったら、というよりも、なんだか明日にでも滅びるのではないか、そんな感じだった。むしろ「滅びないかなあ」くらいの願望があったような。なんとなく空気が煮詰まっていて、これをチャラにできないだろうか、と皆が密かに思っていたから、あんなにブームになったのかも知れない。だがこれはせいぜい９４年くらいまでの話で、実際に９９年が来たときには、そんなのあったっけ、みたいな風であり、すっかり終末に憧れるという発想はなくなってしまっていた。飽きていた。今さらノストラダムスとか言ってんの？　と馬鹿にされる対象になってしまっていて、漫画でもほぼギャグとして扱われることが多かった。ではその原因の方は消えたのか、煮詰まっていた空気の方は解消されたのか、これについては正直「何にも変わっていない」としか言いようがないと思う。不安を掻き消してくれるスカッとした解決法は未だに見つからず、そして世界を終わらせてくれる都合のいい恐怖の大王も来なかった。だらだらとした日常を淡々と過ごす以外に生きるすべはないのだ、と皆が思い知ったのだろうか。それとも単に、別の刺激を求めて新しいネタに移動していっただけか。しかしそうなると、さらにモヤモヤした気持ちは煮詰まり続けていることになる。それはいつか爆発したりしないのだろうか。誰しも心の中にその爆弾を抱え込んでいるのだろうか。

ところで、別に全世界が滅亡しなくても、人は「これはもう終わりだ。なにもかもおしまいだ」と絶望することは普通にある。それも何度もある。もちろん僕にもあるし、これまでの人生で一番絶望したのは、大学を卒業するまでに投稿していた数々の小説の新人賞の、そのどれもかすりもしなかったときだった。大学時代の僕は毎日毎日作家になることばかり考えて生きていたので、それが叶わなかったことはとても悲しく、圧倒的な敗北感と挫折感に苛(さいな)まれていた。だからといって生きていかなければならないので、僕は普通に就職して、小説を書くのもやめてはいなかったが、明らかにペースは落ちていた。そして正にそんなときに「ジョジョの奇妙な冒険」の第三部が大団円の「完」を迎えて、しかしそこで終わることなく、第四部へ続くという〈事件〉が起こった。正直言って、もう続けようがないだろうと思った。恐怖の大王は倒されて、すべての伏線は回収されて、物語にその先があるなどとても思えなかった。それは学生時代の僕の作家への夢のようなもので、全力を尽くして走り終えた後に、またマラソンをしろというようなものだと思った。だがそこで展開されていく新しい物語に、僕は完全に意表を突かれた。そこではもはや恐怖の大王はいないが、その代わりに日常生活の中に潜んでいる危機を描く、まったく違う切りロの世界が広がっていた。確かに第三部までの世界は終わっていて、異なる風景がそこには広がっていたのだ。その新しい主人公は、大して気負う素振りも見せずに、常に飄々(ひょうひょう)としていて、しかし誰よりも深い覚悟を胸に刻んでいるようだった。「これが〝道〟を切り開くやり方か――」と、僕はそんな風に思った。しかしもちろん、すぐにうまくいくはずもなく、それまで書いていた作品から発想を変えるのに、さらに数年が掛かり、正直言って、最初にどうして作家になりたいと思ったのか、そのきっかけさえもよくわからなくなっていた頃に、それでも仕上げた作品は、あえて大上段の設定を振り回さずに、日常の学園生活の中に潜む不思議な危機と、その奥にある異形の世界を描くものだった。それが僕の人生を変えて、そして、今に続いている。そのときにはもう「ジョジョ」では第四部の物語さえも終わっていて、さらに異なる第五部の冒険が展開されていた。正に1999年を目前に控えるその頃に、もはやそのことを気にする者は誰もいなくなっていた。

正直なところ、今でも僕は昔の敗北感から解放されているとは思えない。自分が勝利して鬱屈から永遠に解放された、とはとても信じられないし、現在でも日々、様々な挫折を繰り返している。そして残念ながら、世界というのはそういう風にできているのだろう。たとえ決定的な危機を脱したと思っても、そのときにはもう、次の危機、あるいは以前の危機が甦って、さらなる苦難が続いていくことになるのだろう。恐怖の大王を倒しても、それは始まりに過ぎず、そのときには新しいトラブルが生まれつつあるのだろう。これまで正しいことだと感じられたことも、明日にはきっと時代遅れになり、下手をしたら自分が世界にとって倒されるべき邪悪の化身になってしまっているかも知れない。八方塞がりだ。そうなると問題のすべてを一気に解決しようと「人は成長してこそ生きる価値あり」みたいな文句の付けようのない正論にばかり固執して「この通りやると言ったらやる！」とムキになってしまいそうになるが、でもそういう強引さに〝道〟はなくて「なるほど完璧な作戦っスね――っ不可能だという点に目をつぶればよぉ〜〜」と誰かさんに言われることになるのだろう、きっと。色々と厄介で実に面倒だが、うだうだやってる内にまた次の時代がやってくるんだろうし、ま、そのときにはそのときの新しい〝道〟を探すだけしかないんでしょうね。それが果たして第何部の「完」になるのか、そんなことは誰にもわかりゃしませんがね。以上。

（しかし正直に書こうとすればするほど、なんかウサンくせー感じになるなあ）
（人徳ないもんで。まあいいじゃん）

BGM "1999" by Prince

本書は書き下ろし作品です。

■ 著 者 紹 介 ■

上遠野浩平（かどの・こうへい）
1968年生まれ。
1998年に第4回電撃ゲーム小説大賞を『ブギーポップは笑わない』で受賞。
ライトノベルブームの魁となる。
他の著作に『ソウルドロップの幽体研究』『殺竜事件』など多数。

荒木飛呂彦（あらき・ひろひこ）
1960年生まれ。
第20回手塚賞に『武装ポーカー』で準入選し、
同作で週刊少年ジャンプにてデビュー。
1986年から連載を開始した『ジョジョの奇妙な冒険』は世界的な人気を獲得した。

クレイジーDの悪霊的失恋
―ジョジョの奇妙な冒険より―

2023年6月24日 第1刷発行

著　者■上遠野浩平
original concept ■荒木飛呂彦

装　幀■関 善之 for VOLARE inc.
編集協力■長澤國雄
担当編集■六郷祐介
編集人■千葉佳余
発行者■瓶子吉久
印刷所■凸版印刷株式会社
製本所■加藤製本株式会社
発行所■株式会社 集英社
〒101-8050　東京都千代田区一ツ橋2-5-10
編集部 03-3230-6297
読者係 03-3230-6080
販売部 03-3230-6393（書店用）

Printed in Japan ISBN978-4-08-790118-4 C0093

検印廃止

上遠野浩平が描いた
『ジョジョ』大ヒットノベライズ!!
集英社